# MEMOIRE
## TOUCHANT LA SEIGNEURIE DU
# PRE'-AUX-CLERCS,
## APPARTENANTE A
# L'UNIVERSITE' DE PARIS.

*Pour servir d'Instruction à ceux qui doivent entrer dans les Charges de l'*UNIVERSITE'.

A PARIS,
Chez la Veuve de CLAUDE THIBOUST,
ET
PIERRE ESCLASSAN, Libraire-Juré, & Imprimeur ordinaire de l'Université, Place de Cambray, vis-à-vis le College Royal.

M. DC. XCIV.

*NNO Domini* 1694. *die quartâ mensis Septembris habita sunt Comitia Ordinaria Delegatorum Universitatis apud Amplissimum D. Rectorem M.* EDMUNDUM POURCHOT *in Collegio Mazarinæo, in quibus inter cætera dixit Ampliss. D. Rector sibi semper summopere cordi & curæ fuisse, ne amplius Academiæ Bona in incerto essent, sed tuto loco collocarentur, eaque deinceps citra fraudem administrarentur; ideoque Diplomate Regio, ad* PRÆTOREM URBANUM *Jurium Academicorum Conservatorem emisso, impetravisse se nomine Academiæ facultatem conficiendi Librum Censualem, quo quicunque in Dominio Academico seu* Prato Clericorum, *ut vocant, prædia possident, nomen suum profiterentur, unde acquisivissent, quidve annui censûs aut reditûs deberent singuli, declararent: Rem jam ad exitum esse perductam, paratamque brevem eorum omnium prædiorum, simul & Possessorum descriptionem, ex qua, si modò, ut olim jam placuit, publici Juris fieret, documentum commodè capiant Viri Academici; proinde sibi videri è re esse Academiæ eam typis mandari.*

*Re in deliberationem missâ, audito priùs* M. GILBERTO HEBERT, *pro Procuratore Generali Universitatis, qui unà cum* M. MEDARDO COLLETET, *Academico Quæstore, in eam quoque rem incubuerat, omnes sententiam dixerunt hoc ordine.*

M. PETRUS GUISCHARD, *Sacræ Facultatis Theologiæ Decanus, dixit summo se affici gaudio, quod tandem absolutum esset illud opus jam diu à se expectatum, de quo sæpius ad Sacrum Ordinem retulisset, nec quicquam morari se quin statim in lucem prodeat.*

M. VINCENTIUS COLLESSON, *Consultissimæ Utriusque Juris Facultatis Decanus, idem censuit, addiditque certissimam esse hanc viam occurrendi fraudibus, hactenus in administratione Patrimonii Academici fieri solitis; atque universam Academiam amplissimas teneri agere gratias iis omnibus qui in id opus, ex quo tantum emolumenti sperare liceat, aliquid contulerint; maxime, Ampliss. D. Rectori, Auctori & Suasori hujus Consilii quo Res Academiæ restituit.*

M. CLAUDIUS BERGER, *Saluberrimæ Facultatis Medicinæ Decanus, idem comprobavit, eoque libentius, quòd, ubi primum jam ab octodecim mensibus sermonem ea de re fecisset Ampliss. D. Rector, palàm testatus fuerit nihil posse fieri utilius, ut prospiceretur Rebus Academiæ.*

M. JOANNES-BAPTISTA FRETEAU, *Honorandæ Gallorum Nationis Procurator, gratias quoque habuit Ampliss. D. Rectori de suo in Rem Academicam studio, ejus consilium approbavit; & opus, cui etiam ipse allaboraverat, protinus in lucem edendum quasi Academiæ utilissimum futurum censuit.*

M. GUILLELMUS JOURDAIN, *Fidelissimæ Picardorum Nationis Procurator, in eandem sententiam abiit.*

*Idem olim censuerant* M. JOANNES DESAUTHIEUX, *&* M. CORNELIUS NARY: *ille Venerandæ Normanorum, hic Constantissimæ Germanorum Nationis Procurator; quod etiam ab eorum Successoribus fuit confirmatum. Atque ita ab Ampliss. D. Rectore conclusum.*

L'AIR, *Scrib.*

# MEMOIRE INSTRUCTIF,

## *Touchant la Seigneurie du* Pré-aux-Clercs, *appartenante à l'*UNIVERSITE' *de Paris.*

LA Seigneurie que l'UNIVERSITE' de Paris possede au Fauxbourg Saint Germain, s'appelle communément *le Pré-aux-Clercs*; parce qu'anciennement ce n'estoit qu'un grand Pré qui estoit destiné pour la promenade des Ecoliers. Ce Pré estoit divisé en deux parties par un Fossé ou cours d'eau de treize à quatorze toises de large, qui commençoit à la riviere de Seine, & traversant sur le terrain des Petits Augustins, à peu prés à l'endroit où est aujourd'huy l'Eglise, alloit se rendre dans les Fossez de l'Abbaye, proche la Poterne qui y estoit alors: c'est-à-dire, que ce cours d'eau répondoit à peu prés au coin de la ruë de Saint Benoist, à l'extremité du jardin de l'Abbaye. On le nommoit *la petite Seine*. La partie du Pré la plus proche de la Ville, comme plus petite, fut nommée *le Petit Pré*, & celle qui s'estendoit vers la campagne, comme plus grande, s'appella *le Grand Pré-aux-Clercs*.

L'UNIVERSITE' tient incontestablement ce Patrimoine de la liberalité de nos Rois. L'opinion la plus commune est, que l'Empereur Charlemagne le démembra de la Couronne sur la fin du huitiéme Siecle, pour le donner à l'Université qu'il avoit establie. Mais quand mesme elle ne le tiendroit que de quelqu'un de ses plus proches Successeurs, elle peut toûjours se vanter avec asseurance qu'elle n'a point eu d'autres Fondateurs que nos Rois, témoin le Nom illustre de leur FILLE AÎNÉE, dont ils ont bien voulu l'honorer.

Elle possede donc ce Domaine en pleine proprieté, & Seigneurie sans aucune servitude, & comme une Terre de Franc-Aleu, & tous les procès qui luy ont esté faits sur ce sujet en divers temps, ont plûtost regardé l'étenduë, que la proprieté du Fonds.

Ceux qui ont le plus souvent inquieté l'Université, pour raison de ce bien, ont esté Messieurs les Abbé & Religieux de l'Abbaye de Saint Germain des Prez, parce que leurs murailles touchant, pour ainsi dire, au Grand & Petit Pré-aux-Clercs, ils le trouvoient fort à leur bienseance, & ils auroient bien voulu l'incorporer à leur Domaine, ou du moins en empieter la meilleure partie. Mais les Ecoliers y alloient trop frequemment, pour ne pas s'appercevoir des entreprises qu'ils y auroient pû faire, c'est ce qui engageoit ces Religieux à leur susciter tous les jours de nouvelles querelles, afin de les dégouter tout-à-fait de cette promenade, & pouvoir plus aisément s'étendre sur l'un & l'autre Pré, ou s'en emparer dans la suite, comme d'un bien abandonné.

Année 1254. En l'année 1254. Messire Raoul d'Aubusson, Chanoine d'Evreux, ayant acheté de ces Messieurs de l'Abbaye une piece * de Terre de 160 pieds en quarré, moyennant 40 sols de Redevance annuelle, cette Place luy parut tout-à-fait propre à faire un chemin commode aux Ecoliers pour aller à leur Pré, & jugeant que c'estoit le veritable moyen de leur oster le pretexte de se quereller avec les Domestiques de l'Abbaye, il en disposa quatre ans aprés en faveur de l'Université.

* Cette place, dite d'Aubusson, estoit située entre les ruës que l'on nomme aujourd'huy ruë Neuve des Fossez & des mauvais Garçons.

Cette piece de Terre fut dans la suite l'origine & la source, ou du moins le pretexte de bien des chicanes & des troubles. Car Messieurs de l'Abbaye fâchés de la voir au pouvoir de l'Université, n'oublierent rien pour la luy oster, & ne pouvant en venir à bout par les voyes de Droit, parce qu'ils l'avoient alietiée sans contrainte, ils mirent en usage les voyes de fait, jusques-là mesme que dans une querelle qui s'émeut en l'année 1278. entre les Ecoliers, & les Domestiques des Moines, il y eut deux Ecoliers de tués, sans compter un grand nombre de blessez dangereusement ; De quoy l'Université ayant porté ses plaintes au Roy Philippes le Hardy, lors regnant : Ce Prince après avoir fait soigneusement informer de la verité, rendit au mois de Juillet de cette année 1278. un Arrest célébre, par lequel il ordonna entr'autres choses, qu'il seroit fondé deux Chapelles aux dépens de l'Abbaye, l'une dans la vieille Chapelle de Saint Martin des Orges, joignant les murailles de l'Abbaye, & l'autre dans l'Eglise du Val des Ecoliers, où les deux qui avoient esté tuez estoient inhumez, lesquelles deux Chapelles seroient rentées de 20 livres parisis chacune ; & que Vacance avenant, les Chapellenies d'icelles seroient à la Nomination du Recteur de l'Université.

Arrest notable rendu par le Roy Philippe le Hardy en 1278.

Cependant comme l'Université vit qu'il luy seroit assez difficile de se conserver cette place d'Aubusson, Messieurs de l'Abbaye témoignant trop d'empressement pour la r'avoir, elle aima mieux la leur ceder, à la charge neanmoins qu'ils y souffriroient un grand chemin de 18 pieds de large, pour que les Ecoliers pussent aller commodément au Pré-aux-Clercs. Et comme le chemin creux ou cours d'eau, qui faisoit la separation du Grand & Petit Pré, pouvoit encore donner occasion à quelque nouvelle querelle, & qu'il accommodoit fort Messieurs de l'Abbaye ; parce qu'outre qu'il conduisoit l'eau dans leurs Fossez, il estoit encore fort poissonneux : l'Université par la Transaction qu'elle passa alors avec eux, eut la facilité de le leur abandonner avec le droit de Pêche qui luy appartenoit comme Seigneur du lieu, le tout moyennant 14 livres de Rente annuelle, ce qu'ils accepterent avec joye, & firent mesme confirmer par Lettres Patentes du Roy Philippes le Hardy.

Transaction passée entre l'Université & l'Abbaye en 1292.

L'Université pensant avoir acquis la paix par la Cession qu'elle venoit de faire à Messieurs de l'Abbaye de la Place d'Aubusson & du Fossé de separation d'entre le grand & le petit Pré, crut ne devoir plus songer qu'à l'entretenir religieusement ; mais elle se vit bientost tombée dans de nouveaux troubles ; car quoy qu'il fut specialement porté par la Transaction qui avoit esté faite, que les Ecoliers auroient sur cette Place d'Aubusson un chemin libre de la largeur de 18 pieds, pour aller au Pré-aux-Clercs; cela n'empêcha pas qu'on ne les insultât toutes les fois qu'ils y passoient, & que mesme on ne les maltraitât; L'Université eut beau députer de ses Officiers vers l'Abbaye, elle n'en eut pas plus de satisfaction, & comme elle apprehendoit avec assez de raison, qu'il n'arrivât encore quelque affaire pareille à celle de l'année 1278. elle s'addressa au Pape qui nomma par son Rescrit du 15. Juin 1317. les Evêques de Senlis & de Noyon, pour informer des voyes de fait que l'Université alleguoit avoir esté pratiquées, ou du moins autorisées par les Religieux contre ses Supposts & Ecoliers.

Rescrit du Pape en 1317.

Messieurs de l'Abbaye ne se trouverent pas dans la disposition de se soûmettre à la jurisdiction des Commissaires nommez par le Pape, & pour l'éluder avec plus de pretexte, ils soûtinrent que la Justice sur le Pré-aux-Clercs leur appartenoit, & qu'elle leur avoit esté usurpée par l'Université; surquoy ayant presenté leur Requeste à la Cour, ils eurent l'addresse de la faire sequestrer par Arrest du 2. May 1318. pendant la contestation, (*Debato durante.*)

Justice du Pré aux-Clercs sequestrée en 1318.

Enfin, après 27. années de chicanes, l'Université fatiguée de tant de traverses pour un Terrain qui luy estoit infructueux, & voulant acheter la paix à quelque prix que ce fût, souscrivit à une nouvelle Transaction avec lesdits Religieux, par laquelle elle leur ceda de nouveau la Place d'Aubusson avec le Fossé, ou bras d'eau de la Riviere de Seine, & les Religieux payerent de leur part à l'Université la somme de 200 livres parisis pour les arrerages qui pouvoient estre dûs de la Rente de 14 livres qu'ils s'estoient obligez de leur payer 53 ans auparavant, lors de la premiere Transaction qu'ils passerent avec Elle. Et *pour mieulz confermer cette paix, & pour avoir mieulz l'amour, & la favour de l'Université, lesdits Religieux perpetuellement donnerent, delaisserent & transporterent tout ce qu'à eux appartient, ou appartenir pourroit au temps advenir à ladite Université, és Patronages des Eglises; C'est à sçavoir de Saint Andrien des Arcs*, & *de Saint Cosme & Saint Damien à Paris*, ce qu'ils firent approuver par une Bulle de Clement VI. l'an 1345.

Seconde Transaction passée entre l'Université & l'Abbaye en 1345.

Cession des Patronages des Cures de S. André des Arcs, & de S. Cosme.

1368. En 1368. les Religieux ayant eu ordre de fortifier leur Abbaye,

baye, & d'abbattre les maisons qui en estoient proches, pour en faire une espece de Citadelle qui pût resister aux incursions des Anglois, la Chapelle de Saint Martin des Orges, avec la maison du Chapelain, qui estoient sur le fonds de l'Université, se trouvant estre du nombre de celles qu'il falloit démolir, ils donnerent à l'Université par forme de dédommagement, tant du Patronage de cette Chapelle, que de la maison du Chapelain, le Patronage qui leur appartenoit de la Cure de Saint Germain le Vieil, avec 8 livres de rente, à prendre en une de 10 livres qui leur estoit dûë sur une maison, sise dans la Ville, près du Convent des Augustins; & comme ils avoient encore besoin de terrain pour élargir leurs Fossez & faire des tranchées, l'Université leur accorda deux Arpens, dix Verges de terre, à prendre dans l'un & l'autre Pré, & eux s'obligerent de luy en rendre deux Arpens & demi joignant le Petit Pré, vers la Riviere. *

Cession du Patronage de la Cure de S. Germain le Vieil.

* On ne voit pas qu'ils ayent executé cét Article.

Les choses demeurerent paisibles du moins en apparence jusques vers l'année 1538. que Paris commençant à s'augmenter & à s'aggrandir, les Religieux de l'Abbaye alienoient tous les jours de leur Fonds qu'ils donnoient à cens & rentes, & comme il estoit contigu au Pré-aux-Clercs, il leur estoit fort facile d'en démembrer toûjours quelque morceau; L'Université ne pouvant pas à cause de ses occupations continuelles, estre toûjours presente, ny aller toiser les places que Messieurs de l'Abbaye vendoient aux particuliers.

1538.

Cependant, comme sur la fin de l'année 1539. l'Université s'apperçut que le Petit Pré-aux-Clercs outre qu'il diminuoit tous les jours, ne luy estoit qu'à charge, Elle fut conseillée de le bailler aussi à cens & rentes pour y bastir des maisons : ce qu'elle a aussi fait dans la suite d'une bonne partie du Grand Pré.

Premiere alienation du Petit Pré-aux-Clercs faite en 1540.

Mais pour plus aisément concevoir comment ce Domaine, qui de son origine n'estoit qu'une grande Place, vague & infructueuse, a changé de nature dans la suite des temps : Nous le diviserons en trois Parties, par rapport aux trois differens temps qu'il a esté donné à cens & rentes par l'Université, tant pour en empêcher les usurpations qui se faisoient journellement, que pour en retirer quelque profit.

I. Partie. La premiere Partie, sera composée de ce qui est communément appellé Petit Pré-aux-Clercs, donné à cens & rentes par l'Université à M. Pierre le Clerc Vicegerent du Conservateur des Privileges Apostoliques de l'Université, par Contract du dernier Mars 1543. à la charge de 2 sols parisis de Cens, & de 18 livres de rente par Arpent, aux droits duquel l'Université a esté subrogée dans la suite, au moyen d'un Acte passé par ledit le Clerc, le 17. Aoust 1548. qu'il confirma par un Contract de Retrocession du 31. Octobre 1552.

II. Partie. La seconde Partie, fera mention des six Arpens de terre dépendans du Grand Pré, donnez à cens & rentes par l'Université à la Reine Marguerite, par Contract du dernier Juillet 1606. contre lequel l'Université s'estant pourveuë aussi bien que contre l'Arrest du Parlement qui l'avoit homologué, intervint Arrest Contradictoire de ladite Cour, le 23. Octobre 1622. par lequel il fut ordonné que sans s'arrester audit Contract du dernier Juillet 1606. ny à l'Arrest d'homologation d'iceluy, les Baux faits par ladite Reine Marguerite, ou par les Augustins ses donataires retourneroient au profit de l'Université.

III. Partie. Et la troisiéme Partie, consistera au surplus dudit Grand Pré-aux-Clercs, donné à differents Particuliers aussi à cens & rentes, depuis le 31. Aoust 1639. jusqu'à present.

# PREMIERE PARTIE,

## *Contenant l'alienation du Petit Pré-aux-Clercs.*

CE fut en l'année 1540. que l'Université passa un premier Contract d'alienation du Petit Pré à M. Pierre le Clerc, Vicegerent du Conservateur des Privileges Apostoliques de ladite Université: mais la Minute & la Grosse de ce Contract s'estant trouvées adirées, & ledit le Clerc ayant esté troublé, l'Université luy fit un nouveau Bail le 31. Mars 1543. à la charge du cens, & de 18 livres de rente par Arpent.

Ce nouveau Preneur commença d'abord par disposer de partie dudit Petit Pré-aux-Clercs, en faveur de plusieurs Particuliers, à la charge du cens envers l'Université, & d'une rente applicable à son profit, à proportion de la quantité de terre qu'il donnoit.

Ce procedé fit murmurer quelques Officiers de l'Université, & pour les appaiser ledit le Clerc passa un Acte le 17. Avril 1548. qui fut suivy d'un Contract d'Abandon du dernier Octobre 1552. au profit de l'Université de tous les émolumens qu'il auroit pû retirer de ses Sous-Baux, à la charge par l'Université de les entretenir, & par le mesme Contract ledit le Clerc se reserva une place qu'il avoit fait enclorre de murs, à la charge du cens, tel qu'il plairoit à l'Université.

## *Sous-Baux faits par le Sieur le Clerc.*

LE PREMIER, d'un morceau de Terre propre à faire maison, par Contract du 4. Octobre 1543. à M. Martin Fretté, Clerc au Greffe Criminel de la Cour, moyennant 10 deniers parisis de cens, & 10 livres tournois de rente.

LE DEUXIE'ME, du 9. desdits mois & an, d'une autre petite portion de terre à Nicolas Delamarre, moyennant 1 denier de cens, & 2 sols de rente.

LE TROISIE'ME, du 5. Janvier 1544. à Guillaume Maillard, Libraire, d'une piece de terre, contenant 142 toises, moyennant 4 deniers parisis de cens, & 17 livres 15 sols de rente.

Le Quatrième, dudit jour 5. Janvier 1544. à Husson Frerot, Doreur sur fer, d'une piece de terre, contenant 146 toises, moyennant 4 deniers de cens, & 25 livres 10 sols de rente.

Le Cinquième, desdits jour & an, à Richard Carré, Brodeur, d'une piece de terre, contenant 138 toises, moyennant 4 deniers parisis de cens, & 24 livres de rente.

Le Sixième, du 18. Juin 1545. à Nicolas Baujoüen, aussi Brodeur, d'une piece de terre, contenant 152 toises, moyennant 4 deniers parisis de cens, & 15 liv. 14 s. de rente.

Le Septième, des mesmes jour & an, à Robert Sourdeau, Praticien, d'une piece de terre, contenant 157 toises, moyennant 4 deniers parisis de cens, & 15 livres 14 sols de rente.

Le Huitième, des mesmes jour & an, à Jean Dupont, Sergent à Verge au Chastelet, d'une piece de terre, contenant 168 toises, moyennant 4 deniers parisis de cens, & 16 livres 16 sols de rente.

Le Neuvième & dernier, du 7. May 1546. à Jean Courjon, Marchand Mercier, d'une piece de terre, contenant 380 toises, moyennant 8 deniers de cens, & 25 livres de rente.

De maniere, que ledit Sieur le Clerc avoit disposé de 15 à 16 cens toises de terre dudit Petit Pré, avant la Retrocession qu'il en fit après à l'Université, sans y comprendre le Jardin qu'il se reserva, sur lesquelles Places sont aujourd'huy bâties plusieurs Maisons dans les ruës du Colombier & des Marais, dans l'ordre, & ainsi qu'il va estre expliqué.

# PREMIERE MAISON, *ruë du Colombier.*

LA PREMIERE MAISON où se trouve aujourd'huy commencer la Censive de l'Université est la sixiéme que l'on rencontre à main droite dans la ruë du Colombier y entrant par la ruë de Seine : la gauche, & le commencement de ladite ruë, estant aujourd'huy de la Censive de l'Abbaye.

Cette Maison est bastie sur 64 toises de terre, faisant partie de 138, que M. Pierre le Clerc donna à cens & rente par Contract du 5. Janvier 1544. à Richard Carré, Brodeur, moyennant 4 deniers parisis de cens, & 24 livres de rente, laquelle par Acte du 3. Juillet audit an, ayant esté reduite à 17 livres 5 sols : Il en fut ledit jour racheté 13 livres 15 sols, & le surplus montant à 3 livres 10 sols, declaré non rachetable.

Ces 64 toises de terre furent venduës par ledit Carré au sieur Adam Godard, Marchand au Palais, par Contract du 28. Aoust 1554. sur lesquelles ayant fait bastir une Maison avec Cour & Jardin, il la revendit par Contract du 29. Janvier 1556. à François Desprez, commis à relier les livres de la Chambre des Comptes, & à Catherine Longis sa femme.

Ladite Veuve Desprez après la mort de son mary donna par Contract du 29. Janvier 1557. en contr'échange de la moitié de ladite maison ; (l'autre luy appartenant à cause de la communauté) à Nicolas Bonfils, à cause de Michelle Desprez sa femme ; & à Raoul Brojard à cause de Nicole Desprez aussi sa femme, filles & heritieres dudit défunt & d'elle, une Rente sur la Ville au moyen dequoy la totalité de ladite maison luy appartint.

Ladite veuve Desprez épousa en secondes nôces Christophle Godin, Chirurgien, dont elle eut Jean & Catherine Godin ; lesquels après sa mort échangerent par Contract du 23. Juillet 1597. la susdite maison avec Jean Petit, Procureur au Parlement, contre 600 livres comptans, & 100 livres de rente sur un particulier.

Il est à remarquer que derriere cette Maison il y a un petit bastiment construit sur 5 toises de terre en quarré, que ledit Carré vendit à Loüis Lemaignan, par Contract du 2. Novem bre 1543. que ledit Lemaignan vendit depuis à M. Charlet, Auditeur des Comptes ; & qui furent par luy depuis venduës le 24. Janvier 1564. à Helie de la Faye, duquel M. Jean Petit, Procureur, les acquit conjointement avec une maison, sise ruë de Seine, par Contract du 8. Aoust 1573. Elles sont chargées d'un denier de cens.

Ledit M. Petit, racheta le 22. Avril 1598. la rente de 35 sols, dont ladite maison estoit chargée.

Le 8. Juillet 1624. Damoiselle Anne Petit sa fille & heritiere, veuve de M. Jerôme Godefroy, Procureur au Parlement, vendit ladite maison à M. Michel Pousteau aussi Procureur.

Le 17. Septembre 1643. ledit Pousteau la vendit à Damoiselle Marguerite Rollot, Veuve de Georges de Bourges, & depuis de Vincent De la Prime, Avocat, dont elle eut Charles De la Prime, sur qui ladite maison ayant esté saisie reellement, elle fut adjugée par Sentence du Nouveau Chastelet du 14. Septembre 1675. à Guillaume de Voulges, Marchand, qui en passa Titre nouvel, le 6. Novembre suivant.

Jeanne Varet, veuve de Guillaume de Voulges a passé Titre nouvel pardevant Baglan & son Confrere, Notaires à Paris, le 11. Septembre 1694.

## DEUXIE'ME MAISON.

CETTE Maison joignant la precedente est bastie sur 69 toises de terre, faisant moitié des 138 mentionnées en l'Article precedent, données audit Carré par ledit le Clerc.

M. Marin Duhuval, Prestre habitué à S. André des Arcs les acquit dudit Carré par Contract du 22. Aoust 1545.

Il y fit bastir une maison, laquelle ses heritiers vendirent après sa mort à Messire Jean De Feu, Conseiller au Parlement par Contract du
chargée de 35 sols de rente, & de 4 deniers parisis de cens envers l'Université.

Les heritiers dudit Sieur De Feu vendirent par Contract du 16. May 1634. la susdite maison à M. Pierre Hardy, Contrôlleur des Fortifications de Picardie, & à Damoiselle Marie Barret sa femme.

Ladite Maison ayant depuis esté saisie reellement sur lesdits Sieur & Damoiselle Barret, elle fut sur eux venduë & adjugée par Sentence des Requestes du Palais, du 30. May 1646. à M. Claude Noël, Receveur General des Finances en Berry, lequel en passa aussitost declaration au profit de Messire Nicolas Jean, Chevalier, Seigneur de Breteville, Conseiller au Grand Conseil.

Les Heritiers & Creanciers dudit Sieur de Breteville ont vendu depuis ladite Maison à Gilles Dupont, Marchand, par Contract du 8. Juillet 1671. lequel en a fait declaration au profit de M. Charles Gohier, Secretaire du Roy, par Acte du 30. Decembre 1675. Ledit Sieur Charles Gohier a passé Titre nouvel pardevant Baglan, Notaire, le 25. Octobre 1694.

## TROISIÉME MAISON.

CETTE Maison est bastie sur 142 toises de terre baillées à cens & rente le 5. Janvier 1544. par ledit Sieur le Clerc à Guillaume Maillard, Marchand Libraire, & Doreur de Livres, moyennant 4 deniers parisis de cens, & 24 livres 10 sols de rente, reduite après à 17 livres 15 sols, dont il en pourroit estre racheté 14 livres 5 sols.

Jean Bonamy, aussi Libraire, ayant acquis les droits dudit Maillard, passa audit le Clerc Titre nouvel desdites 142 toises de terre, le 19. Aoust 1545.

Les Heritiers dudit Bonamy vendirent par Contract du à Messire Jean De Feu, Conseiller au Parlement, la maison bastie sur ladite place, chargée seulement de 3 livres 10 sols de rente, & de 4 deniers parisis de cens envers l'Université, dont ses heritiers passerent Titre nouvel le 1. Septembre 1631.

Ces mesmes heritiers vendirent par Contract du 16. May 1634. ladite maison avec ses appartenances à M. Pierre Hardy, Contrôlleur des Fortifications de Picardie, & à Damoiselle Marie Barret sa femme.

Elle fut dans la suite conjointement avec la precedente sur eux saisie reellement, & enfin adjugée audit M. Noël qui en passa declaration au profit dudit Sieur de Breteville.

Gilles Dupont, Marchand, qui avoit acquis des heritiers dudit Sieur de Breteville la precedente maison, acheta encore celle-cy par le mesme Contract.

Elle appartient presentement audit Sieur Charles Gohier, Secretaire du Roy, qui a passé Titre nouvel pardevant Baglan, Notaire, le 25. Octobre 1695.

## QUATRIE'ME MAISON.

CETTE Maison est bastie sur partie de 146 toises de terre données à cens & rentes, par Contract du 5. Janvier 1544. par ledit Sieur le Clerc à Husson Frerot, Doreur sur fer, moyennant 4 deniers parisis de cens, & 25 livres de rente, reduite après à 18 livres; M. René Reignier ayant acquis les droits dudit Frerot, fit bastir deux maisons sur ladite place, & aprés sa mort Marguerite Lespicier sa Veuve ayant fait saisir reellement ladite maison sur M. Pageot, tuteur des Enfans mineurs dudit défunt Reignier & d'elle, par Sentence des Requestes du Palais du 31. Mars 1628: elle fut adjugée à M. Athanase Amy, Avocat en la Cour, chargée de 9 livres de rente, & de 4 deniers parisis de cens envers l'Université. Ledit Sieur Amy en passa Titre nouvel le 25. Juillet 1631. Damoiselle Marie Prevost sa Veuve en passa encore Titre nouvel le 21. Decembre 1661. Et depuis les heritiers desdits Sieurs & Damoiselle Amy en ont passé Titre nouvel pardevant Baglan, le 26. May 1695. Sçavoir, M. Athanase Amy, Prestre; M. Gilles Amy, Avocat en Parlement; Damoiselle Magdelaine Amy, fille majeure, & Damoiselle Henriette Françoise des Rousseaux, Veuve de Bon Charles Amy, Bourgeois de Paris.

## CINQUIE'ME MAISON.

CETTE Maison est bastie sur l'autre moitié desdites 146 toises de terre mentionnées en l'article precedent, elle fut venduë par le Sieur Reignier, comme estant aux droits dudit Freror, à M. Estienne Bonnet, Procureur en la Cour, chargée de 4 deniers parisis de cens, & de 9 livres de rente, par Contract du 4. Aoust 1607.

Ledit Sieur Bonnet, mariant Marguerite Bonnet sa fille avec M. Pierre Calluze, Principal Commis au Greffe Criminel de la Cour, luy donna ladite Maison par son Contract de Mariage du 7. Octobre 1629.

Ladite Veuve Calluze après la mort de son mary vendit ladite maison à M. Henry Mouche, Avocat, par Contract du 25. Janvier 1658. Ledit Sieur Mouche, par son Codicille du 27. Aoust 1678. passé pardevant Savigny, Notaire, substitua à M. Theodore Raffou son neveu ladite maison chargée de 2 deniers de cens, & neuf livres tournois de rente fonciere. Ledit Sieur Raffou a passé Titre nouvel pardevant Baglan, Notaire, le 6. May 1695.

## SIXIE'ME ET SEPTIE'ME MAISON.

CEs deux Maisons qui en faisoient autrefois trois, sont bâties sur 157 toises de terre, données à cens & rente par ledit le Clerc à Robert Sourdeau, Praticien, par Contract du 18 Juin 1545. moyennant 10 deniers parisis de cens, & 15 livres 14 sols de rente fonciere.

Le 27. Janvier 1547. ledit Sourdeau échangea ladite place avec M. Jean Mallet, Prestre habitué de Saint André des Arcs.

André Mallet, son frere & heritier, vendit les trois maisons basties sur ladite place à M. Ambroise Amy, Procureur, par Contrat du 20. Decembre 1559. lesquelles il fit après reduire en deux.

M. Athanase Amy, aussi Procureur en ladite Cour, fils & heritier dudit défunt, eut lesdites deux maisons.

Elles échurent après en partage à M. Ambroise, & Jean Amy, ausquels M. Guillaume Amy, Substitut de M. le Procureur General du Parlement, ayant succedé, il en a fait donation entre vifs, par Contrat passé pardevant Garnier, Notaire, & son Confrere, le 30. Mars 1689. à Damoiselles Jeanne, & Marie Magdelaine Amy, sœurs, lesquelles en ont depuis vendu une ; Sçavoir,

La sixiéme, à M. Jean Pracros, Avocat en la Cour, le 28. May 1687 par Contract passé pardevant le Roy & Taboüé, Notaires, de laquelle ledit Pracros en a passé Titre nouvel pardevant Lorimier, Notaire, le 1. Janvier 1692.

La septiéme, appartient aujourd'huy à Damoiselle Jeanne Amy, fille majeure, comme Donataire dudit Guillaume Amy, laquelle en a passé Titre nouvel ledit jour premier Janvier 1692. pardevant Lorimier, Notaire.

## HUITIE'ME ET NEUVIE'ME MAISON.

CEs deux Maisons sont basties sur 168 toises de terre baillées à cens & rente par ledit le Clerc à Jean Dupont, Sergent à Verge au Chastelet de Paris, par Contract du 18. Juin 1545. à la charge de 16 livres 16 sols de rente, & 4 deniers parisis de cens.

Le 13. May 1582. Loüis & Marie Dupont, enfans & heritiers dudit Jean Dupont, vendirent à M. Guillaume Guyon, Procureur en la Cour, la susdite Place.

Le 17. May 1605. Nicole Hardricourt, veuve dudit Guyon, vendit conjointement avec ses enfans une maison bastie sur partie de ladite place à M. Estienne Tricot.

Le 10. Juin 1619. Barbe Guyon, veuve de Loüis de Vezines, & Magdeleine Guyon sa sœur, filles & heritieres dudit feu Guyon, vendirent par échange à M. Jean Boyer, & à Marthe le Prestre sa femme, les deux tiers à elles appartenants sur une autre maison bastie sur le restant de ladite place.

Les 21. Janvier 1631. & 28. Decembre 1635. Philippes Demontgé, Tailleur, & Jeanne Dubreüil sa femme, acquirent de Hugues Macquerel, & de Barbe Lebassy, l'autre tiers de ladite maison.

Les 7. Aoust & 7. Octobre 1645. Charles Tricot, Secretaire de la Chambre du Roy, fils & heritier dudit Estienne Tricot, & lesdits Demontgé & sa femme, vendirent à Messire Charles Loiseau, Conseiller en la Cour des Aydes, lesdites deux maisons basties sur lesdites 168 toises de terre, dont il passa Titre nouvel le 27. Novembre audit an.

M. Charles Loiseau, Conseiller en la Cour, fils & heritier dudit feu Sieur Loiseau a passé Titre nouvel & reconnoissance pardevant Baglan & son Confrere, Notaires à Paris, le 29. Juillet 1694. au Terrier de l'Université.

## DIXIE'ME MAISON.

CETTE Maison est bastie sur la petite Place & Jardin que ledit Sieur le Clerc s'estoit reservée par le Contract de Retrocession qu'il fit à l'Université le dernier Octobre 1552. du Bail qu'elle luy avoit fait de tout le petit Pré-aux-Clercs, moyennant 2 sols parisis de cens.

Monsieur le Cardinal de Givry acquit des heritiers dudit Le Clerc ladite place & jardin, & les vendit à M. Guillaume Lusson, Docteur en la Faculté de Medecine, par Contract du 9. Avril 1604. dont Messire Guillaume Lusson son fils, President en la Cour des Monnoyes, passa Titre nouvel le 2. May 1646.

Ledit Sieur Loiseau, Conseiller en la Cour des Aydes, a depuis acquis cette Maison des heritiers dudit Sieur Lusson, par Contract du 23. Septembre 1658.

M. Charles Loiseau, Conseiller en la Cour, fils & heritier de M. Charles Loiseau, Conseiller en la Cour des Aydes, en a passé Titre nouvel, & ensemble des deux precedentes maisons pardevant ledit Baglan, Notaire, le 29. Juillet 1694.

## ONZIÉME ET DOUZIÉME MAISON.

CES deux Maisons sont basties sur 380 toises de terre données à cens & rente, le 7. Mars 1546. par ledit Sieur le Clerc à Jean Courjon, Bourgeois de Paris, moyennant 8 deniers parisis de cens, & de 25 livres de rente.

Le 24. Janvier 1547. Jean Beddon, ayant les droits cedez dudit Courjon, racheta 19 liv. de la susdite rente, laquelle fut par ce moyen reduite à 6 livres.

Le 2. Aoust 1582. François Coquet, Sieur de Pontchartrain, & Damoiselle Heleine de Servient son épouse, acquirent de Jeanne Beddon, fille & heritiere dudit Beddon, une grande maison bastie sur partie desdits 380 toises.

Le 12. Novembre audit an, lesdits Sieur & Damoiselle de Pontchartrain échangerent ladite maison, & le restant desdits 380 toises, avec Jean Honoré, Sieur de Bagis.

Damoiselle Marie Honoré, sa fille & heritiere, épouse de M Claude Thiballier, Ecuyer, Sieur D'Anglurre, en passa Titre nouvel le 11. Novembre 1645.

Dame Marie Thiballier, fille & heritiere dudit feu Sieur Thiballier, & de ladite Dame Marie Honoré, ayant acquis du Sieur François Thiballier son frere ladite maison & place, comme luy estant échuë en partage, elle la fit abbattre, & en fit construire deux neuves au lieu d'icelle.

Elle en vendit une * le 16. May 1665. à M. Georges Baudoüin, Contrôlleur de la maison du Roy, sur lequel l'Université l'ayant fait saisir reellement faute de payement des lods & ventes, elle fut adjugée par Sentence des Requestes du Palais du 18. Aoust 1666 à M. Guillaume le Juge, Secretaire du Roy, & à Damoiselle Marie Haslé, veuve de Michel Petit, Contrôlleur des Decimes, dont ladite veuve le Juge, & les heritiers de ladite Damoiselle Haslé, veuve Petit, ont passé Titre nouvel le 17. Mars 1688. pardevant Baglan & le Secq de Launay, Notaires.

* Cette maison à son entrée par la ruë des Marais, derriere celle qui appartient aujourd'huy à M. Thuault, Procureur en la Cour.

Et à l'égard de l'autre maison ayant esté saisie reellement sur ladite Dame Thiballier, elle fut adjugée par Sentence des Requestes du Palais du dernier Février 1672. à M. Jacques Pannart, Avocat, qui en passa declaration au profit de M. Jean Thuault, Procureur en la Cour, le Juin 1695.

Ledit M. Thuault, par Sentence des Requestes du Palais, du Aoust 1694. a esté condamné de son consentement a payer seulement 10 deniers de cens, ladite Sentence portant au surplus Titre nouvel.

Et a ledit sieur Thuault passé Titre nouvel, le 28. Juin 1695. pardevant Baglan, & son Compagnon, Notaires.

## TREZIE'ME ET QUATORZIE'ME MAISON.

CEs deux Maisons sont basties sur 59 perches de terre données à cens & rente par l'Université à Alexandre Sapin, par Contract du 21. Février 1565. moyennant 12 livres de rente, & 2 sols parisis de cens.

Le 25. Février 1584. ledit Sieur Sapin vendit à Christophle Lemercier, Masson, lesdites 59 perches de terre, à la charge du cens & de la rente envers l'Université; sur lesquelles ledit Lemercier fit bastir une maison, qui est la quatorziéme, faisant l'encoigneure des ruës Jacob & des Petits Augustins.

Le 11. Novembre 1584. ledit Lemercier en vendit la moitié à Baptiste Androüet, Sieur du Cerceau, Architecte du Roy.

Le 23. Mars 1602. Marguerite Raguidier sa veuve, la revendit à Jacques Androüet, aussi Sieur du Cerceau.

Damoiselle Marie Androüet, sa fille & heritiere, épousa Elie Beddée, Sieur des Fougerais, Docteur en Medecine.

Et Damoiselle Marie Beddée leur fille, veuve de M. André Colombet, possede aujourd'huy ladite maison, qui est la quatorziéme, & elle en a passé Titre nouvel pardevant Baglan, Notaire, le 6. Juillet 1687.

Le 11. Juillet en l'an 1602. Marin Bricard & Antoinette Delaistre sa femme, veuve auparavant dudit Lemercier, vendirent l'autre moitié de ladite place à M. Jean Beddée, Sieur de la Gourmandiere, Avocat au Parlement, sur laquelle il fit bastir une maison, qui est la treiziéme, de laquelle David & Elie Beddée ses enfans & donataires universels, passerent Titre nouvel, le 29. Aoust 1662.

M. Alexandre Simon Bolé, Seigneur de Champlay, a acquis par Contract du 29. Février 1669. ladite maison de Benjamin Beddée.

M. Loüis Jules Bolé, Marquis de Champlay, Marêchal des Camps & Armées du Roy, fils unique & seul heritier dudit feu Sieur Bolé, & donataire entre-vifs de Dame Marguerite Lemaçon sa mere, possede aujourd'huy ladite maison, lequel a esté condamné par Sentence du Chastelet, du 9. Février 1695. à passer Titre nouvel à ladite Université.

# RUE DES MARAIS.

IL n'y avoit anciennement dans cette Ruë qu'une grande Maison & Jardin, bastie sur deux places données à cens & rentes par ledit Sieur le Clerc, par Contracts des 4. & 9. Octobre 1543. à Mathurin Fretté, & à Nicolas de la Marre, à la charge de 6 livres de rente, & de 2 sols parisis de cens.

Ces deux places furent quelque peu de temps après acquises par Thomas de Burgensis, qui y fit bastir ladite maison qui avoit deux corps de logis en aîle avec cour au milieu, & jardin au derriere, dont Jeanne de Burgensis sa fille, Veuve de Hierôme de Berzeau herita, & dont elle fit ensuite donation entre-vifs, par Acte du 5. Septembre 1576. à Hierôme de Berzeau, sieur de la Marcilliere son fils.

Le 2. Juillet 1583. Guillaume Taveau, Bourgeois de Paris, fondé de Procuration dudit sieur de la Marcilliere du 25. Juin precedent, vendit ladite maison à Jean Robineau, sieur de Croissy Sur-Seine, Secretaire du Roy.

Le 11. Janvier 1602. ledit sieur Robineau vendit la susdite maison à Claude Lebret.

Le 28. Mars 1607. ledit Lebret la revendit à M. Nicolas le Vauquelin, Seigneur des Yveteaux & de Sacy, Conseiller d'Estat, laquelle il fit decreter sur ledit Lebret, & s'en rendit Adjudicataire par Sentence du Chastelet du 19. Septembre audit an.

Ledit sieur des Yveteaux la donna à M. Nicolas le Vauquelin, Seigneur de Sacy son néveu, & à Dame Marguerite Dupuis son épouse, en faveur de leur Contract de mariage du 17. Octobre 1644.

Ledit sieur de Sacy, tant en son nom, comme Donataire dudit sieur des Yveteaux son oncle, de la moitié de ladite maison, que comme Tuteur de Damoiselle Charlotte Gabrielle le Vauquelin sa fille, & de ladite défunte Dame Marguerite Dupuis, vendit la totalité d'icelle, par Contract d'échange du 30. Decembre 1658. à M. Jacques Lemaçon, Seigneur de la Fontaine, Intendant, & Contrôlleur General des Gabelles de France.

Ledit sieur de la Fontaine fit après construire trois maisons au lieu de celle qu'il avoit acquise dudit sieur de Sacy, & depuis ses creanciers ayant vendu ses biens, lesdites trois maisons ont esté partagées en sept. Desquelles

## PREMIERE MAISON.

LA PREMIERE, ayant face sur la ruë des Petits Augustins, bastie sur toises de terre, appartient à M. Edme Robert, cy-devant Intendant & Trésorier de feu son Altesse Royale Mademoiselle de Montpensier, lesquelles il a acquises de Pierre Sinson, Charpentier, & de Marie Bequet sa femme, sous le nom de Martin de la Croix, par Contract du 6. Mars 1672. dont il a passé titre nouvel le 13. Février 1691. pardevant Baglan, Notaire.

Au derriere de laquelle maison il y a joint vingt-quatre toises & demie de terre qu'il a acquises des heritiers de feu M. le President le Boulanger, par Contract du qui les avoit acquises de M. le President Thevenin ou de ses heritiers, à qui Dame Claude de la Roüe de Gallardon les avoit venduës, laquelle les avoit acquises de Gabriel Montagne, par Contract du 14. May 1606, qui les avoit aussi acquises de Nicolas Beaujoüen, lequel les avoit pris à cens & rentes dudit sieur le Clerc, par Contract du 18. Juin 1545. moyennant 1 denier de cens, & 49 sols de rente.

## SECONDE MAISON.

LA SECONDE, faisant face sur la ruë des Augustins, joignant la précedente avec issuë à porte cochere, dans la ruë des Marais, bastie sur toises de terre, a esté acquise par M. Jean de Joncoux, Avocat au Parlement, de M. Jacques Lemaçon, Seigneur de la Fontaine, par Contract passé pardevant Plastrier, Notaire, le 10. Juin 1669.

## TROISIÉME MAISON.

CETTE Maison qui est bastie sur 161 toises de terre, a esté acquise par le mesme sieur de Joncoux dudit sieur de la Fontaine, par Contract du dernier Septembre 1672. passé pardevant ledit Plastrier, Notaire, lesquelles deux maisons ont esté venduës par Damoiselle Françoise Marguerite de Joncoux, fille majeure, seule & unique heritiere dudit M Jean de Joncoux, à M. Jean Chastelier, Avocat en Parlement, par Contract passé pardevant Couvreur & son Compagnon, Notaires, le 24 May 1695. lequel sieur Chastelier en a passé titre nouvel pardevant Baglan, Notaire, le 7. Juin 1695.

## QVATRIE'ME MAISON.

CETTE Maison appartient aux sieurs le Doux, Procurner au Chastelet, & Domillier, comme l'ayant acquise de M. Charles Sinson, Avocat en la Cour, & autres, par Contract pssaé pardevant Lebeuf & Boindin, Notaires, le 2. Septembre 1688.

## CINQUIE'ME MAISON.

LA cinquiéme Maiſon baſtie ſur toiſes de terre, appartenante à M. François Commeau, Avocat, comme l'ayant acquiſe des Creanciers & Directeurs des Creanciers dudit ſieur de la Fontaine, par Contract paſſé pardevant Baglan, & ſon Confrere, Notaires, le 31. Janvier 1682.

## SIXIE'ME MAISON.

LA sixiéme Maison bastie sur toises de terre acquises par M. Antoine de Massanes, Secretaire du Roy, des Creanciers & Directeurs des Creanciers du sieur de la Fontaine, par Contract passé pardevant Prieur & Baglan, Notaires, le 17. Janvier 1682.

M. Thomas Hardy, Ecuyer, Seigneur de Beaulieu, oncle, & tuteur d'Auguste & de Jacques de Massanes, enfans & heritiers de M. Antoine de Massanes, Ecuyer, lequel estoit fils & heritier dudit sieur de Massanes, Secretaire du Roy, en a passé titre nouvel, le 20. Février 1691. pardevant Baglan, Notaire.

## SEPTIÉME ET DERNIERE MAISON.

LA ſeptiéme & derniere Maiſon baſtie ſur toiſes de terre, acquiſes par M. Auguſtin de Louvancourt, Conſeiller du Roy, Maiſtre ordinaire en ſa Chambre des Comptes, & l'un des quatre Secretaires d'icelle, des Creanciers & Directeurs des Creanciers dudit ſieur de la Fontaine, par Contract paſſé pardevant Detroyes & Baglan, Notaires, le 27. Février 1682. dont ledit ſieur de Louvancourt a paſſé titre nouvel pardevant Barbar & Baglan, Notaires, le 20. Fevrier 1691.

Toutes ces ſept Maiſons baſties ſur leſdites places données à cens & rentes auſdits Fretté & Delamarre par ledit le Clerc, ne ſont aujourd'huy chargées que de 2 ſols 6 deniers de cens, la rente de 6 livres ayant eſté rachetée par ledit ſieur Hercules de Vauquelin, par Quittance paſſée pardevant Baglan & ſon Collegue, Notaires, le 8. Mars 1690.

SECONDE

# SECONDE PARTIE,

## *Concernant les six Arpens de Terre, dépendans du Grand Pré, donnés à Cens & Rente à la Reine Marguerite par Contract du dernier Juillet 1606.*

ON a déja dit dans la division de ce Memoire, que l'Université s'étant pourveuë contre le Contract de Bail à cens & rente qu'elle avoit fait à la Reine Marguerite de six arpens de terre dépendans du Grand Pré, parce qu'ils ne luy produisoient que 60 livres de rente, pendant que les Augustins Réformés, qu'on nomme *Petits Augustins*, à qui cette Reine les avoit donnez, en retiroient près de 2000 livres annuellement, il intervint Arrest contradictoire le 23. Decembre 1622. entre l'Université, les Augustins, comme Donataires de ladite Reine, & les particuliers ausquels il avoit esté fait des Sousbaux, par lequel Arrest il est porté que les rentes constituées sur les Places dépendantes desdits six Arpens données à cens & rentes par lesdits Augustins, ou ladite Reine, tourneroient au profit de l'Université, desquels Sousbaux suit la teneur.

## *Sous-Baux faits par la Reine Marguerite, ou par les Augustins ses Donataires.*

LE PREMIER, par Contract passé pardevant Guillard & Bontemps, Notaires au Chastelet, le 12. Février 1611. à M. Nicolas le Prestre, sieur de la Chevalerie, Secretaire de la Chambre du Roy, de 396. toises de terre, y compris 176 toises, à cause de quatre toises de face, sur quarante-quatre de longueur, qui luy furent délaissées franches & quittes, à la charge par luy de faire faire à ses propres frais & dépens, à l'endroit où estoit l'Egoût, une Voûte & Arcade de maçonnerie de six pieds de large sur hauteur competente, pour le passage des Eaux & immondices du Fauxbourg, après lequel fait, il pourroit appliquer à son profit, & à tel usage qu'il jugeroit à propos, le surplus desdites 176 toises de terre, ou mesme celles sur ledit Egoût : Et à l'égard des 220 toises, faisant le surplus desdites 396 toises mentionnées audit Contract, il payeroit ausdits Religieux 88 livres de rente, & à l'Université 12 deniers parisis de cens.

Le Deuxiéme, par Contract passé pardevant les mesmes Notaires, le 12. Juillet 1613. par lesdits Augustins audit sieur de la Chevalerie, de 750 toises de terre, moyennant 225 livres de rente.

Le Troisiéme, par Contract passé pardevant les mesmes Notaires, le 8. Janvier 1618. par lesdits Augustins audit sieur de la Chevalerie, de 180 toises, moyennant 48 livres de rente.

Le Quatriéme, par Contract passé pardevant les mesmes Notaires, le 12. Juillet 1613. par lesdits Augustins à Jean Clergerie, Marchand au Palais, de 200 toises de terre, moyennant 60 livres de rente, & 2 deniers de cens.

Le Cinquiéme, par Contract passé pardevant les mesmes Notaires, ledit jour 12. Juillet 1613. par lesdits Augustins à Alphonse Mesnard, Marbrier, de 103 toises, moyennant 31 livres de rente.

Le Sixiéme, par Contract passé pardevant les mesmes Notaires, ledit jour 12. Juillet 1613. par lesdits Augustins à Jacques Prudhomme, Boulanger, de 100 toises de terre, moyennant 30 livres de rente, & 1 denier de cens.

Le Septiéme, par Contract passé pardevant les mesmes Notaires, le 12. Avril 1613. par lesdits Augustins à Guillaume Lelamer, Orfévre, qui en passa Declaration au profit de René Lebreton, & de François Percheron, de 300 toises de terre, moyennant 90 livres de rente, & 3 deniers de cens.

Le Huitiéme, par Contract passé pardevant les mesmes Notaires, le 12. Avril 1613. par lesdits Augustins à Simon Devaux, Parfumeur, de 300 toises de terre, moyennant 90 livres de rente, & 3 deniers de cens.

Le Neuviéme, par Contract passé pardevant les mesmes Notaires, le 18. Avril 1613. par lesdits Augustins à Jacques Rousseau, Brodeur, de 100 toises de terre, moyennant 30 livres de rente, & 1 denier de cens.

Le Dixiéme, par Contract passé pardevant les mesmes Notaires, le 10. Avril 1613. par lesdits Augustins à Jean Dubut, de 100 toises de terre, moyennant 30 livres de rente, & 1 denier de cens.

Le Onziéme, par Contract passé pardevant les mesmes Notaires, par lesdits Augustins, le 13. Avril 1613. à Mathieu Ladant, de 100 toises de terre, moyennant 30 livres de rente, & 1 denier de cens.

Le Douziéme, par Contract passé pardevant les mesmes Notaires, par lesdits Augustins, le 18. May 1613. à Mathieu Hautecloche, de 100 toises de terre, moyennant 30 livres de rente, & 1 denier de cens.

Le Treiziéme, par Contract passé pardevant les mesmes Notaires, par lesdits Augustins, le 18. May 1613. à Pierre Hanon, de 150 toises de terre, moyennant 45 livres de rente, & 4 deniers de cens.

Le Quatorziéme, par Contract passé pardevant les mesmes Notaires, par lesdits Augustins à Philippes Bacot, Peintre, le 24. Octobre 1613. de 199 toises de terre, moyennant 59 livres, 14 sols de rente, & 2 deniers de cens.

Le Quinziéme, par Contract passé pardevant les mesmes Notaires, par lesdits Augustins audit Pierre Hanon, le 12. Juillet 1613. de 205 toises de terre, moyennant 61 livres de rente, & 10 deniers de cens.

Le Seiziéme, par Contract passé pardevant les mesmes Notaires, par lesdits Augustins à Jean Hovalet, ledit jour 12. Juillet 1613. de 105 toises de terre, moyennant 31 livres, 15 sols de rente, & 1 denier de cens.

Le Dix-Septiéme, par Contract passé pardevant les mesmes Notaires, par lesdits Augustins à Pasquier Ruelle, Boulanger, ledit jour 12. Juillet 1613. de 108 toises de terre, moyennant 31 livres, 3 sols, 6 deniers de rente, & 2 deniers de cens.

LE DIX-HUITIE'ME, par Contract passé pardevant les mesmes Notaires, par lesdits Augustins, ledit jour 12. Juillet 1613. de 100 toises & demie, à Hubert le Sueur, moyennant 33 livres, 3 sols de rente.

LE DIX-NEUVIE'ME, par Contract passé pardevant les mesmes Notaires, le 9. Octobre 1613. par lesdits Augustins, à Nicolas Dehene, de 117 toises & demie, moyennant 35 livres, 5 deniers de rente.

LE VINGTIE'ME, par Contract passé pardevant les mesmes Notaires, le 12. Juillet 1613. par lesdits Augustins aux Religieux de la Charité, de 1275 toises de terre, moyennant 382 livres 14 sols de rente, & 12 deniers parisis de cens par Arpent.

Tous les particuliers dénommez dans lesdits Sous-Baux, ayant donc esté obligez au moyen dudit Arrest Contradictoire, du 23. Decembre 1622. de payer à l'Université, non seulement les cens: mais encore les rentes, à la charge desquelles lesdits Baux leur avoient esté faits; ils en passerent declaration au profit de l'Université.

Le premier preneur, qui estoit Messire Nicolas Le Vauquelin, Seigneur des Yveteaux & de Sacy, Conseiller d'Estat, lequel sous le nom de M. Nicolas Le Prestre, Sieur de la Chevalerie, avoit acquis desdits Augustins par trois differens Contracts 1130 toises de terre, en passa declaration, Titre nouvel, & Reconnoissance à l'Université, le 13. Mars 1624. & promit luy payer à l'avenir les 361 livres de rente; à la charge desquelles lesdits 1130 toises de terre avoient esté données audit Sieur de la Chevalerie.

Ledit Sieur des Yveteaux joignit à ces 1130 toises de terre, autres 602 toises, deux tiers, 4 pieds, qu'il avoit déja acquises sous le nom dudit Sieur de la Chevalerie, par Contract du 14. Juillet 1610. de François Fontaine, Secretaire du Roy, qui les avoit acquises de Richard Tardieu, Sieur Du Mesnil, à qui l'Université en avoit fait Bail, le 5. Septembre 1588. moyennant 43 livres de rente, & 2 sols parisis de cens.

Cette rente fut rachetée par ledit Sieur des Yveteaux, sous le nom dudit Sieur de la Chevalerie, par quittance du 6. Novembre 1610. moyennant 914 livres 10 sols, lesquelles furent employées; Sçavoir, 445 livres, 5 sols, à payer à M. Germain Gouffé, Receveur de l'Université, pareille somme à luy dûë, pour reste de compte: Et les 468 livres, 17 sols, 5 deniers restans, furent données à constitution de rente au College des Cholets, qui fut rachetée le 12. Octobre 1617.

Ledit sieur des Yveteaux de toutes ces quatre places qui estoient joignantes l'une à l'autre, & contenoient 1732 toises, 2 tiers, 4 pieds, tenant d'un bout à la ruë lors appellée de la petite Seine, & aujourd'huy des Petits Augustins; d'autre à M. Pierre Calluze, qui estoit au lieu de Jean Clergerie, & au nouveau jardin desdits Augustins, contenant trois quartiers, six perches de terre desdits six arpens, d'un costé à la ruë Jacob, & d'autre au Monastere desdits Augustins, composa un grand clos & jardin, planté en partie d'arbres de haute-futaye, lequel avoit communication avec sa maison & jardin, sise ruë des Marais, au moyen d'une voute qui avoit esté pratiquée sous terre, dans ladite ruë de la petite Seine.

Ledit sieur des Yveteaux donna le 17. Octobre 1644. à Messire Nicolas le Vauquelin, Seigneur de Sacy son néveu, & à Dame Marguerite Dupuis son Epouse, en faveur de leur Contract de Mariage, ledit grand clos & jardin, avec les bastimens qu'il y avoit fait construire, & ledit sieur de Sacy après la mort de ladite Dame Marguerite Dupuis son Epouse, tant comme Donataire pour moitié dudit sieur des Yveteaux son oncle, que comme tuteur de Damoiselle Charlotte Gabrielle le Vauquelin sa fille, vendit par Contract du 10. Decembre 1659. à Messire Jacques Le Maçon, sieur de la Fontaine, Intendant & Controleur General des Gabelles de France, 1200 toises de terre ou environ; faisant partie dudit grand clos & jardin, chargées seulement de deux sols, six deniers de cens: Et pour les 361 livres de rente, il declara qu'elles devoient estre payées & acquittées à la décharge de la succession dudit feu sieur des Yveteaux son oncle, par Messire Hercules le Vauquelin, Maistre des Requestes, au moyen d'un Contract passé entre ledit défunt sieur des Yveteaux, & ledit sieur le Vauquelin, Maistre des Requestes, le vingt septiéme jour de Decembre 1644. ce qui fut fait par quittance du douziéme jour de Juillet 1685.

Sur ces 1200 toises de terre ou environ, acquises par ledit sieur de la Fontaine, il a esté dans la suite basti plusieurs maisons, par differens particuliers au moyen des achapts qui ont esté faits.

PREMIEREMENT, M. Pierre Dubois, Maçon, acquit du dit sieur de la Fontaine 14 toises de face, sur 25 toises & deux pieds de profondeur, faisant partie desdites 1200.

L'Hôtel-Dieu de Paris acquit dudit Dubois, & de Marie Arnoult sa femme, par Contract du 12. Novembre 1670. deux grandes maisons, joignantes l'une à l'autre, basties sur lesdites 14 toises de face, & 25 toises, 2 pieds de profondeur, ayant vûë sur la ruë des Petits Augustins, desquelles deux maisons a esté passé Titre nouvel, le 24. Novembre 1694. pardevant Baglan, Notaire.

LA TROISIE'ME Maison, bastie sur sept toises de face dans ladite ruë des Augustins, sur 25 de profondeur, fut venduë par ledit sieur de la Fontaine à Pierre Tapa, Masson, laquelle maison a esté depuis acquise par M                de Vigny, par Contract du                & a passé Titre nouvel, le dixiéme jour de Juillet 1694. pardevant Baglan, Notaire.

LA QUATRIE'ME Maison, bastie sur sept toises de face dans ladite ruë, sur 25 de profondeur, contenant cour & jardin, appartenante à M. Salomon Domanchin, qui a passé Titre nouvel, le dix-septiéme jour de Juillet 1690. pardevant Baglan, Notaire.

LA CINQUIE'ME Maison, acquise par Damoiselle Magdeleine de Galmet, femme separée quant aux biens d'avec M. Gilles de Launay, Historiographe de France, bastie sur 52 toises & demie de superficie, ayant face dans ladite ruë des Petits Augustins, laquelle elle a depuis venduë aux Religieux de la Charité, par Contract du dix-huitiéme jour de Juillet 1676. pardevant Huart & Duparc, Notaires, lesquels Religieux en ont passé Titre nouvel, le premier jour de Mars 1695. pardevant Baglan & son Confrere.

LA SIXIE'ME, bastie sur sept toises de face dans ladite ruë, sur 25 de profondeur, acquise par César Baudet, Marchand, & depuis par luy venduë à M. Loüis Rellier, par Contract du                qui a passé Titre nouvel, pardevant Baglan, Notaire, le vingt-quatriéme jour d'Aoust 1694.

LA SEPTIE'ME Maiſon, baſtie ſur trois toiſes & demie de face dans ladite ruë, ſur 10 de profondeur, appartenante à M. Eſtienne Magueux, Avocat, au moyen du Contract du dix-neuviéme jour d'Avril 1668. pardevant Dupuys & Plaſtrier, Notaires, & a ledit ſieur Magueux paſſé Titre nouvel, le ſeptiéme jour d'Aouſt 1694 pardevant Baglan, Notaire.

LA HUITIE'ME Maiſon, baſtie ſur ſix toiſes de face dans ladite ruë, ſur dix de profondeur, & faiſant l'encoigneure d'icelle ruë, & de la ruë Jacob, appartenante à M. Gilles de Launay, Hiſtoriographe de France, au moyen de l'acquiſition par luy faite de ladite place du ſieur de la Fontaine, par deux differens Contracts paſſez pardevant Sadot, & Plaſtrier Notaires, dont ledit ſieur de Launay a paſſé Titre nouvel, le vingt-quatriéme Decembre 1686. & depuis encore le troiſiéme jour de Mars 1695. pardevant Baglan, Notaire.

LA NEUVIE'ME Maiſon, baſtie ſur quatre toiſes de face, dans ladite ruë Jacob, ſur dix de profondeur, appartenante audit M. Eſtienne Magueux, Avocat qui a paſſé Titre nouvel, pardevant Baglan, Notaire, le ſeptiéme jour d'Aouſt 1694.

LES DIXIE'ME & ONZIE'ME Maiſons, baſties ſur onze toiſes & demie de face dans ladite ruë Jacob, ſur quinze toiſes, trois pieds de profondeur, appartenantes à M. Jacques Poignet, Charpentier, & Judith Guyerreau ſa femme, au moyen du Contract d'acquiſition paſſé pardevant Plaſtrier & ſon Confrere, le dix-neuviéme jour d'Avril 1668. de Meſſire Jacques le Maçon, Seigneur de la Fontaine, lequel ſieur Poignet a paſſé Titre nouvel pardevant Baglan & ſon Confrere, le 6. May 1687.

LA DOUZIE'ME Maiſon, baſtie ſur cinq toiſes de face, dans ladite ruë, ſur quinze de profondeur, appartenante cy-devant audit M. Eſtienne Magueux, Avocat, & à la Damoiſelle ſa femme, au moyen de l'acquiſition par eux faite de Meſſire Jacques le Maçon, Seigneur de la Fontaine, par Contract du dix-neuviéme jour d'Avril 1668. pardevant Dupuys & Plaſtrier, Notaires, laquelle ils ont depuis venduë à M. Jacques Laugeois, Secretaire du Roy, par Contract paſſé pardevant Devin & Sainfray, Notaires au Chaſtelet de Paris, le 21. Juillet 1670. dont ledit sieur Laugeois a passé Titre nouvel & reconnoissance pardevant Baglan & Boucher, Notaires au Chastelet, le huitiéme jour de Mars 1687.

LA TREIZIE'ME Maison, bastie sur sept toises de face dans ladite ruë, sur vingt-deux de profondeur, ou pend pour enseigne l'Hôtel de Suede, bastie par Bernardin Fouques, qui l'avoit acquise de                laquelle il a depuis venduë à M. André Bihoreau l'aîné, par Contract du                qui en a passé Titre nouvel, le huitiéme jour de Février 1695. pardevant ledit Baglan, Notaire.

LA QUATORZIE'ME Maison, où pend pour enseigne l'Aigle Noir, bastie sur huit toises de face dans ladite ruë, pareille quantité sur le derriere, sur vingt-trois de profondeur, revenant à cent quatre-vingts toises en superficie, appartenante à Messire Loüis de Lasseré, Conseiller au Parlement, comme fils unique, & seul heritier de Messire Jean de Lasseré, aussi Conseiller en ladite Cour, qui l'avoit acquise par échange de Messire François Deshostels, Secretaire de son Altesse Royalle, & de Marie Balisson sa femme, par Contract passé pardevant Gabillon & Plastrier, Notaires, le trentiéme jour de Juillet 1661. dont ledit sieur de Lasseré a passé Titre nouvel, & reconnoissance pardevant Baglan, & Boucher, Notaires, le vingt-deuxiéme jour de May 1691.

LA QUINZIE'ME Maison, bastie sur dix toises, deux pieds de face dans ladite ruë, contenant en superficie deux cens huit toises un tiers, appartenante; Sçavoir, la moitié, & les deux tiers en l'autre moitié à M. Nicolas Henin, Secretaire du Roy, au moyen de l'acquisition qu'il en a faite à titre d'échange de M. Claude De la Haye, Seigneur de Vaudetart, Maistre d'Hôtel du Roy & de la Reine, de M. Estienne Bulleu, Conseiller du Roy, President au Grenier à Sel de Paris, Dame Denise de Malaquin, son épouse & autres, és noms qu'ils ont procedé, heritiers en partie de défunt Messire Charles de la Haye, & Dame Denise de Baillou sa premiere femme, par Contract passé pardevant Galloys & Laurent, Notaires au Chastelet de Paris, le quatorziéme jour de Septembre 1680. ausquels défunts sieur & Dame De la Haye ladite Maison appartenoit au moyen de l'acquisition

sition

ſition faite de par
contract du dont
ledit ſieur Henin a paſſé titre nouvel le 16. Avril 1687.

La seizieme Maiſon bâtie ſur ſix toiſes de face ſur ladite ruë Jacob, cinq toiſes & demie ſur le derriere ſur vingt toiſes un pied de profondeur, revenant en ſuperficie à 115. toiſes & demie, appartenante à M. Loüis de Laſſeré Conſeiller au Parlement, comme fils unique & ſeul heritier de défunt M. Jean de Laſſeré ſon pere, auſſi Conſeiller en ladite Cour, lequel avoit acquis ladite maiſon de M. Nicolas le Vauquelin, tant comme donataire du ſieur des Yveteaux ſon oncle, que comme Tuteur de Damoiſelle Charlotte Gabrielle le Vauquelin ſa fille, par Contract paſſé pardevant le Bœuf & Boindin Notaires le 27. Octobre 1661. dont ledit ſieur de Laſſeré a paſſé Titre nouvel & reconnoiſſance pardevant Boucher & Baglan Notaires le 21. May 1691.

Les 17. 18. & 19. Maisons ſont baties ſur cent ſix toiſes deux tiers, leſquelles ont eſté acquiſes par Maiſtre Laurent Reverend, Secretaire du Roy, dudit ſieur Deſacy, par Contract paſſé pardevant Manchon & ſon confrere Notaires le 14. Mars 1663. les biens duquel ſieur Reverend ſont aujourd'huy en Direction.

La Vingtie'me Maiſon appartient aux enfans & heritiers dudit ſieur Deſacy qui en eſtoit proprietaire, ſçavoir de la moitié comme donataire du ſieur des Yveteaux ſon oncle, & de l'autre moitié comme l'ayant depuis acquiſe des heritiers de Charlotte Gabrielle le Vauquelin ſa fille, & de dame Margueritte Dupuis ſa premiere femme, par Tranſaction paſſée pardevant Notaires le dont leſdits heritiers Deſacy ont paſſé Titre-nouvel pardevant Baglan Notaire le 19. Avril 1695.

Toutes leſquelles Maiſons ſont bâties, tant ſur les onze cens trente toiſes de terre acquiſes par ledit ſieur des Yveteaux, ſous le nom dudit ſieur de la Chevalerie, deſdits Religieux Auguſtins, que ſur les ſix cens deux toiſes deux tiers quatre pieds qu'il avoit déja acquiſes deſdits Auguſtins, ſous le nom dudit ſieur de la Chevalerie, par Contract du 14. Juillet 1610.

Toutes leſdites Maiſons ne ſont aujourd'huy chargées que de

trois sols neuf deniers de cens, les rentes de 361. livres d'une part, & 6. livres d'autre ayant esté rachetées par quittances des 12. Juillet 1685. & 8. May 1690.

Derriere lesdites Maisons est le nouveau Jardin des Religieux Augustins, contenant trois quartiers six perches de terre, que la Cour par le susdit Arrest du 23. Decembre 1622. leur a permis de se reserver, à la charge de payer à l'Université huit livres deux sols de rente, & neuf deniers de cens, dont ils ont passé titre-nouvel le 29. Mars 1695. pardevant Baglan Notaire.

A la suite de la Maison du sieur de Sacy est une vingt-uniéme Maison bâtie sur deux cens toises de terre données à cens & rente par lesdits Augustins par Contract du 12. Juillet 1613. à Jean Clergerie, moyennant six livres de rente, & deux deniers de cens.

Elle fut saisie réellement sur la succession dudit Clergerie, & adjugée par Sentence du Chastelet du 12. May 1627. à Maistre Pierre Calluze, principal Commis au Greffe Criminel de la Cour.

Damoiselle Marguerite Calluze sa fille & heritiere, ayant épousé Messire Claude Guyon, Seigneur de la Houdiniere, elle a esté sur eux saisie, & adjugée par Sentence du Chastelet du 23. Juin 1691. au sieur Marquis Desfeugerais, moyennant 26700. livres, chargée de soixante livres de rente, & deux sols de cens, lequel a esté condamné par Sentence du Chastelet du

à passer titre nouvel; & il a passé ledit titre nouvel le 27. Juin 1695. pardevant Baglan Notaire.

La vingt-deuxiéme, est sur cent toises de terre données à cens & rente par lesdits Augustins, par Contract du 12. Juillet 1613. à Jacques Prudhomme Boulanger, moyennant trente livres de rente, & un denier de cens.

François Dubois, Serrurier en acquit la moitié, & les deux tiers en l'autre moitié, par Sentence de Decret du Chastelet de Paris du 25. May 1658. sur la veuve & heritiers dudit Prudhomme, & l'autre tiers de la seconde moitié de Jean Brieft de Touteville, Bourgeois de Paris, & Magdeleine Dragée sa femme, par Contract d'échange passé pardevant Lefranc, & Gabillon Notaires le 7. Aoust 1664.

Ledit Dubois & Marguerite Fromentel sa femme, vendirent

ladite maison à Florent Fromentel aussi Serrurier, & Marie Thilorier sa femme, par Contract passé pardevant Levasseur & Mouffle Notaires au Chastelet, le 24. Juillet 1666.

Ledit Fromentel & sa femme en passerent titre nouvel pardevant les mêmes Notaires le 16. Septembre suivant, & ont passé un autre titre nouvel le 7. Juin 1694. pardevant Baglan Notaire.

A la suite de cette maison estoit une place, contenant trois cens quatre-vingt-trois toises douze pieds, donnée anciennement à cens & rente par lesdits Augustins à Alphonse Mesnard Marbrier, par Contract du 12. Juillet 1613. moyennant trente une liv. de rente, lequel Contract ayant esté resolu par Sentence du Chastelet du 18. Decembre 1615. ils rentrerent dans ladite place, dont ils furent condamnez par Arrest Contradictoire de la Cour du 19. Aoust 1645. de payer à l'Université le rachapt de ladite rente de trente-une liv. montant en principal à 620. liv. ce qu'ils firent par quittance du 27. Octobre 1657.

Lesdits Augustins ont depuis fait bâtir sur cette place, qui fait l'encoigneure de ladite ruë Jacob, & de celle des Saints Peres, six maisons qui s'étendent jusqu'à la maison de Mr de Bernage de S. Maurice Maistre des Requestes, & ont passé Titre nouvel pardevant Baglan, Notaire, tant de cette place que de leur nouveau jardin le 29. Mars 1695. comme il a esté dit à l'autre page.

De l'autre costé de ladite ruë Jacob, à commencer à l'encoigneure de la ruë cy-devant appellée des Egouts, & à present, de Saint Benoist, sont les maisons suivantes.

## *PREMIERE ET SECONDE MAISON.*

Ces deux Maisons sont bâties sur trois cens toises de terre données à cens & rente par lesdits Augustins à Guillaume le Camus, Orfévre, par Contract du 12. Avril 1613. moyennant 90. liv. de rente, & deux sols, six deniers de cens, lequel le Camus en passa le mesme jour declaration au profit de René le Breton, & de François Percheron.

Lesdits le Breton & Percheron vendirent une maison, avec le commencement d'une autre bâtie sur ladite place, à Maistre Michel Chauvin, Procureur au Grand Conseil, par Contracts des 4. Decembre 1625. & 8. Mars 1630.

Ledit ſieur Chauvin en vendit une à Meſſire Loüis Dulac, par Contract du 13. May 1653.

Ledit ſieur Dulac l'échangea le avec Meſſire Chriſtophe Sanguin, Preſident en la Cour.

Meſſire Denis de Palluau Conſeiller en ladite Cour, & Dame Catherine le Grand ſon Epouſe, acquirent une deſd. deux maiſons, qui eſt la ſeconde, par Contract d'échange du 31 May 1669. de Florent Fleury, Licentié és Loix, fondé de Procuration des ſieurs Denis Sanguin, auſſi Conſeiller en ladite Cour, Jacques Sanguin, & d'Antoine Sanguin, enfans & heritiers dudit Meſſire Chriſtophe Sanguin.

Ladite Dame Veuve dudit ſieur de Palluau, en a paſſé titre nouvel le 5. Janvier 1688.

A l'égard de l'autre Maiſon qui eſt la premiere, & qui fait l'encoigneure des ruës Jacob, & Saint Benoiſt, elle a eſté adjugée ſur la ſucceſſion dudit Chauvin par Arreſt de la Cour du 24. Avril 1694. à François Nourry, ancien Conſul, & Marchand Drapier, à la charge de payer à l'Univerſité quarante cinq livres de rente, & quinze deniers de cens perſonnellement, faiſant moitié de la ſomme de quatre-vingt dix livres de rente, & de deux ſols ſix deniers de cens, à prendre ſolidairement ſur la maiſon dudit ſieur Nourry, & ſur celle de ladite dame de Palluau. Ledit ſieur Nourry a paſſé titre nouvel pardevant Baglan Notaire le 5. May 1694.

## *TROIS ET QUATRIEME MAISON.*

CEs deux Maiſons ſont bâties ſur trois cens toiſes de terre, données à cens & rente par leſdits Auguſtins audit nom à Simon Devaux Parfumeur, par Contract du 12. Avril 1613. moyennant quatre-vingt dix livres de rente, & trois deniers de cens, lequel Contract ayant eſté depuis reſolu, leſdits Religieux en firent un autre aux meſmes conditions à Jean De Leſpine charpentier le 5. Octobre 1618.

Ledit Jean Deleſpine & Marie Bigot ſa femme, ayant fait bâtir deux maiſons ſur ladite place, vendirent la plus petite par Contrract du 28. Septembre 1628. à Robert Gillot, ſieur des Periers,

Exempt des Gardes du Corps du Roy, sans la charger d'aucune rente, mais seulement de deux deniers parisis de cens envers l'Université.

Le 2. Janvier 1665. Elisabeth de la Planche, veuve dudit sieur Des Periers, passant Titre nouvel à l'Université, s'obligea seulement de luy payer lesdits deux deniers de cens, conformément au Contract d'acquisition de ladite maison, & à une Transaction passée entre ladite Université & son défunt mary le 5. May 1629. homologué par Arrest de la Cour du 19. Novembre suivant, rendu entre ladite Université, ledit défunt sieur des Periers, & ledit Delespine & sa femme vendeurs, par lequel il fut ordonné, que ladite rente de 90 livres par an, seroit assise & perçuë sur l'autre grande maison appartenante audit Delespine & sa femme.

Valentin Drouyn, sieur de Boisemont, & Damoiselle Jeanne Gillot des Periers sa femme, fille & heritiere desdits sieur & dame des Periers, vendirent ladite maison par Contract du 14. Mars 1671. à Loüis Poncet, & à la Damoiselle Loüise de la Grange sa femme, chargée de deux deniers parisis de cens seulement, sur lesquels Poncet & sa femme, ladite maison a esté venduë & adjugée au sieur René le Sourd, Marchand Drapier, par Sentence des Requestes du Palais du 24. Juillet 1673.

Ledit le Sourd en a fait donation à Damoiselle Marguerite le Semelier, laquelle estant decédée, M. Thomas le Semelier Notaire au Chastelet son Pere & son heritier, en a passé Titre nouvel, pardevant Baglan Notaire le 15. Juillet 1694. à la charge desdits deux deniers de cens. Ladite Maison est bastie sur six toises de face sur la ruë Jacob, & sur 18. toises de profondeur, y compris le Jardin qui a cinq toises de largeur. Cette maison avoit esté supprimée dans les Comptes, pour couvrir une malversation, & elle y a esté remise par M. Colletet Receveur de l'Université en 1695.

A l'égard de l'autre grande Maison, elle fut venduë & adjugée sur ledit Delespine & sa femme, par Arrest du 28. Novembre 1640 à M. Loüis Cochon Avocat, à la charge desdites 90 livres de rente, & cinq deniers de cens envers l'Université.

Dame Denise de Roques sa veuve en passa Titre nouvel conjointement avec ses enfans le 12. Janvier 1669. pardevant Boucher & Levesque Notaires.

## CINQ, SIX, ET SEPTIE'ME MAISON.

CES trois Maisons sont basties sur 100 toises de terre d'une part, données à cens & rentes par lesdits Augustins, par Contracts du 13. Avril 1613. à Jacques Rousseau Brodeur, moyennant 30 livres de rente, & 1. denier de cens, & 100. toises de terre d'autre part, données par lesdits Augustins aux mesmes conditions, par Contract du 18. desdits mois & an à Jean Dubut.

Ledit Rousseau ayant fait bastir une maison sur ladite place, elle fut sur luy saisie, & adjugée à Charles Gazeau, Masson le 20. Septembre 1617.

Le 21. Juillet 1624. ledit Gazeau la vendit à Jean de la Jarrie, Boulanger.

Le 5. Aoust 1638. ledit de la Jarrie & Marguerite Lorillier sa femme, la revendirent à Damoiselle Marguerite Regnouet, femme separée de biens de M. Jean Baptiste Mathieu, Historiographe de France.

A l'égard des autres 100 toises de terre acquises par ledit Dubut, il en vendit 50 le 18. Octobre 1618. à Julien le Charetier.

Ledit le Charetier en retroceda depuis dix audit Dubut, & n'en retint que 40 chargées de 12. livres de rente.

Le 18. Janvier 1633. ledit Dubut & Charlotte Ladam sa femme, vendirent à Jean Amy Bourgeois de Paris, une Maison, bastie sur 60 toises de terre, chargée envers l'Université, de 18 livres de rente.

Le 14. May 1640. ledit Amy eschangea avec ladite Damoiselle Mathieu, ladite maison.

Le 22. Decembre 1617. Innocent Loison acquit dudit le Charetier lesdites 40 toises de terre sur lesquelles il fit bastir une maison.

Le 19. Novembre 1640. Anne Cochon, veuve dudit Loison, & Jean Desmarests, à cause de Catherine Loison sa femme, & fille & heritiere dudit defunt Loison, vendirent à ladite Damoiselle Mathieu ladite maison, chargée de 12 livres de rente envers l'Université.

Au moyen dequoy ladite Damoiselle Mathieu fut proprietaire desdites trois maisons, basties sur lesdites 200 toises de terre, desquelles elle disposa par donnation entre vifs, du 23. Fevrier 1674. en faveur des Religieux de la Charité, lesquels pour l'indemnité, payerent en 1675. 9000 livres, & 600 livres pour le rachapt de la rente de 50 livres. Lesdits Religieux ont passé Titre nouvel, le 6. Juin 1687. & encore le premier Mars 1695. pardevant ledit Baglan Notaire.

## *HUITIEME MAISON.*

CETTE Maison est bastie sur 200 toises de terre baillées à cens & rente par lesdits Augustins audit nom, par Contracts des 13. Avril, & 18. May 1613. à Mathieu Ladam, & Mathieu Hautecloche Brodeurs, moyennant 60 livres de rente, & quatre deniers de cens.

Les 18. Juin & 4. Juillet audit an, lesdits Hautecloche & Ladam, cederent leurs droits à Mathieu Labbé, Marchand.

Le 12. Juin 1614. ledit Labbé vendit ladite place à M. Robert Friffard Avocat, sur laquelle il fit bastir ladite maison.

Le 5. Decembre 1637. ledit sieur Friffard ceda ladite maison à Damoiselle Marie Friffard sa fille, pour demeurer quitte envers elle de ce qu'il luy devoit par son Compte de Tutelle.

Ladite Damoiselle Friffard épousa Claude Arnoullet, sieur de Bezons, Contrôleur Provincial du Regiment de Champagne.

Damoiselles Angelique, & Loüise Arnoullet de Bezons leurs filles & heritieres, en ont passé Titre nouvel le 6. Juin 1687. pardevant Baglan & son Confrere Notaires.

## *NEUF & DIXIE'ME MAISON.*

CES deux Maisons sont basties sur 150 toises de terre, données à cens & rente par lesdits Augustins, audit nom, à Pierre Hanon, par Contract du 18. Mars 1613. moyennant 45. livres de rente, & 2. sols six deniers de cens.

Le 5. Mars 1616. ledit Hanon en ceda 30. toises à Didier Deschamps, & à Catherine Dudoigt sa femme, à la charge de 9. livres de rente, & de 2. deniers de cens.

Le vingt-sept Decembre 1617. Lesdits Deschamps & sa femme,

en vendirent 15 toises à André Millois.

Le 12. Avril 1618. ledit Deschamps & sa femme, vendirent à Nicolas de Hene Charpentier, une petite maison bastie sur les autres 15. toises de terre.

Le cinquiéme Janvier 1622. ledit Millois vendit audit de Hene, une maison bastie, tant sur lesdites 15 toises à luy cedées par ledit Deschamps, que sur autres 13 toises qu'il avoit depuis acquises dudit Hanon.

Le 17. May 1623. Arnaud de Lassaignes, acquit dudit Hanon le restant desdites 150 toises, montant à 107 toises, lesquelles avec les 30 qu'il avoit venduës audit Deschamps, & les 13 qu'il avoit pareillement venduës audit Millois, faisoient les 150 qu'il avoit prises à cens & rente desdits Augustins.

Ledit de Lassaignes en passa aussi-tost Declaration au profit des Religieux de la Charité.

Le 6. Mars 1624. lesdits de Hene & sa femme, vendirent ausdits Religieux, les deux petites maisons par eux acquises desdits Deschamps & Millois, lesquelles lesdits Religieux firent decreter, & s'en rendirent Adjudicataires par Sentence du Chastelet, du 22. May audit an.

Le 2. Mars 1637. lesdits Religieux furent condamnez par Sentence des Requestes du Palais, à payer & continuer à l'Université, lesdites 45. livres de rente, avec le cens & le droit d'Indemnité.

Et le sixiéme jour de Septembre 1647. Messieurs de l'Université estant convenus avec lesdits Religieux de la Charité, de faire mesurer & arpenter, tant les places que ces Religieux possedoient de leur chef dans la censive de ladite Université, que comme estant aux droits des nommez Hanon & Scourjon, sur les ruës Jacob, des deux Anges, & du Colombier, il s'est trouvé par l'Arpentage qui a esté fait desdites places, par le Mire, Juré Arpenteur, ledit jour, que l'ancienne place que lesdits Religieux avoient acquise desdits Augustins, par Contract du 12. Juillet 1613. contenoit 1359 toises deux tiers, sçavoir 28 toises de face sur la ruë Jacob, 48. toises 2. pieds 8. poulces & 7. lignes du costé desdits Hanon & Scourjon, & 48 toises 4 pieds de face sur ladite ruë des Saints Peres, & qu'en deduisant 84 toises quarrées, pour continuer

nuer, le cas y écheant, la ruë des Anges au travers de l'Hôpital, jusqu'à la ruë des Saints Peres; ils possedoient reellement en la censive de ladite Université, non comprises les maisons qu'ils ont acquises depuis, 1291 toises, 2 tiers de terre, & un peu plus, revenant en tout, à raison de 6 sols par toise à 387 livres, 11 sols, 1 denier de rente par chacun an, laquelle rente a esté depuis rachetée par quittance du

Lesdits Religieux ont passé Titre nouvel pardevant Baglan Notaire, le 1. Mars 1695.

### ONZE, DOUZE, TREIZE, ET QUATORZIEME MAISON.

CES quatre Maisons, sçavoir deux dans la ruë Saint Benoist, & deux dans la ruë des Anges, sont basties sur 199 toises de terre, données à cens & rente par lesdits Augustins, à Philipes Bacot Peintre, par Contract du 24. Octobre 1613. moyennant 59. livres 14. sols de rente, & 2. deniers parisis de cens.

Ledit Bacot ayant fait bastir sur ladite place, & ne payant point ladite rente de 59 livres 14 sols, le bastiment & la place furent sur luy saisis reellement, & adjugez par Sentence des Requestes du Palais du 6 Novembre 1630. à M. Jean Lemoyne, Controleur des Guerres, lequel par son Testament du 19 Novembre 1632 fit ses Legataires universels M. Philippe Jolly, Secretaire du Roy, & Damoiselle Jeanne Cressé sa femme.

Ledit sieur Jolly fit abbattre la maison construite par ledit Bacot, & en fit faire quatre à sa place, dont la premiere dans la ruë S. Benoist, est à Porte cochere, la seconde tenante à la precedente est aussi à porte cochere, avec une petite porte: la troisiéme & quatriéme sont la premiere & seconde à gauche de la ruë des Anges, en y entrant par la ruë Saint Benoist.

Ladite Damoiselle veuve Jolly, en passa Titre nouvel le 16 Iuillet 1661. Ieanne Françoise Ranquet, veuve de Loüis Iolly, fils & heritier de ladite Damoiselle Iolly, au nom & comme Tutrice des enfans mineurs dudit défunt & d'elle, en a passé Titre nouvel pardevant Baglan, le 5. Mars 1696.

## LA QUINZIEME MAISON.

CEtte Maison est bastie sur 49 toises de terre, venduës par Contract du 11 Septembre 1620. à Philippes Leber, par Pierre Hanon, faisant partie de 205 toises qu'il avoit prises à cens & rente desdits Augustins, par Contract du 12 Iuillet 1613 moyennant 61 livres 10 sols de rente.

Les Religieux de la Charité ont depuis acquis les droits des Enfans & Heritiers dudit Leber, par Contract du & ont passé Titre nouvel le 1. Mars 1695. pardevant Baglan, Notaire.

## LA SEIZIEME MAISON.

CEtte Maison est bastie sur 36 toises de terre, derriere laquelle il y avoit un grand Iardin, contenant 120 toises, faisant en tout 156 toises, lesquelles avec les 49 mentionnées en l'article precedent, font les 205 toises prises à cens & rente, par ledit Hanon desdits Augustins.

Ledit Hanon fit bastir cette maison, laquelle fut venduë le cinquiéme Novembre 1644. par Pierre de Lespine, & Françoise Belier sa femme, Iean Belier, & Germaine Merceau sa femme, Denis des Hayes, & Geneviéve Belier sa femme, Iean Lambert, Tuteur de Iean son fils, & de Barbe Belier sa femme, tous heritiers de Marguerite Lasseré leur mere, & ayeulle, troisiéme femme dudit Hanon, à Charles de Luppé & Barbe Hanon sa femme, à laquelle Barbe Hanon, le surplus de ladite place appartenoit, comme fille & heritiere dudit Hanon.

Le 5. Novembre suivant, lesdits de Luppé & sa femme, vendirent à Iacques Nau, Secretaire de la Chambre du Roy, & à Marie de la Londe sa femme, le Iardin contenant 120 toises, estant derriere ladite maison.

Et le 11. Février 1645. ils vendirent ausdits sieur & Damoiselle Nau, ladite maison, laquelle lesdits sieur & Damoiselle Nau, revendirent avec ledit Iardin, aux Religieux de la Charité, par Contract du 4. Iuin 1646. lesquels au moyen de ce, & de l'acquisition qu'ils avoient faite des droits dudit Léber, furent possesseurs & proprietaires desdites 205 toises de terre, chargées de 61 livres dix sols de rente, qu'ils furent condamnez de payer à l'Université, par Sentence des Requestes du Palais, du 20 Decembre 1647. laquelle rente a depuis esté rachetée, par quittance du & ont passé Titre nouvel, comme dessus.

## DIX-SEPT, ET DIX-HUITIE'ME MAISON.

CEs deux Maisons sont basties sur 105 toises de terre, baillées à cens & rente, par lesdits Augustins, à Jean Hovalet, par Contract du 12. Juillet 1613. moyennant 31 livres 13 sols de rente, & 1 denier de cens.

Ledit Hovalet ceda ses droits à Pierre Corrup, par Acte du 8. Novembre suivant.

Le 29. Septembre 1614. ledit Corrup vendit la moitié desdites 105 toises à Timothée Pinet.

Lesdits Corrup & sa femme, firent bastir une maison sur l'autre moitié desdites 105 toises de terre, aprés la mort duquel Corrup, la moitié, qui luy appartenoit en ladite maison, ayant esté saisie reellement, elle fut venduë & adjugée sur sa succession, par Sentence du Chastelet du 21. Juin 1628. à Gabriel le Clerc, Cabaretier, lequel le 29. Janvier 1630. acquit l'autre moitié de ladite maison de Suzanne Guesnard, veuve dudit Corrup.

Les Religieux de la Charité, ont depuis acquis les droits dudit le Clerc, par Contract du & ont passé Titre nouvel, comme dessus.

A l'égard de la place venduë audit Timothée Pinet par ledit Corrup, il y fit bastir une maison, qu'il vendit à Messire Paul Hurault de l'Hospital, Archevêque d'Aix, par Contract du 11. May 1619. chargée de 16 livres 16 sols 6 deniers de rente envers l'Université, lequel sieur Archevêque la fit decreter, & s'en rendit Adjudicataire par Sentence du Chastelet du 19. Decembre 1620.

Ladite Maison fut encore depuis saisie reellement sur ledit sieur Archevêque d'Aix, & adjugée par Arrest de la Cour du 1. Mars 1626. à Jean Cheron, Apotiquaire.

L'Université par l'Arrest d'Ordre des deniers provenus de ladite maison du 21. Juillet 1628. fut colloquée pour la somme de 316 livres 16 sols, faisant le principal desdites 16 livres 16 sols six deniers de rente, qui luy estoit duë sur icelle.

Marguerite Laurent, veuve dudit Cheron, vendit conjointement avec ses Enfans, ladite maison, par Contract du 31. Mars 1646. à Loüis de Riancourt, Huissier, lequel en passa le même jour Declaration au profit desdits Religieux de la Charité.

## DIX-NEUVIE'ME MAISON.

CEtte Maison est bastie sur 54 toises, faisant moitié de 108 données à cens & rente par lesdits Augustins, par Contract du 12. Juillet 1613. à Pasquier Ruelle, Boulanger, moyennant 32 livres 9 sols 6 deniers de rente, & 2 deniers de cens.

Ces 54 toises de terre furent venduës par ledit Ruelle à Robert Lorrain, & Nicolas Riverain, par Contract du 22. Iuin 1614. sur lesquelles y ayant fait bastir ladite maison, ils la vendirent aprés par Contract du à M. Servais Aubay, M. Queux de la Reine, & à Charlotte Dubois sa femme.

## VINGTIE'ME MAISON.

A L'égard des autres 54 toises de terre, ledit Ruelle y ayant fait bastir une Maison, Pierre de Poulain, Ecuyer Sieur de la Folie, tant en qualité de Donataire desdits Ruelle & sa femme, par Acte du 27. Ianvier 1631. de la moitié de la susdite maison, qu'à cause de l'acquisition par luy faite de l'autre moitié d'icelle par Contract du 16. Iuin 1635. de Pierre Mercadier, Postulant au Palais, & de Catherine Veillon sa femme, veuve auparavant de Nicolas Mergerie, auquel la susdite moitié appartenoit, comme fils & seul heritier de Marie Herisson sa mere, veuve auparavant dudit Ruelle, vendit ladite maison aux Religieux de la Charité, par Contract du 19. Iuin 1636.

## VINGT-UNE, ET VINGT-DEUXIEME MAISON.

CEs deux maisons sont basties sur 110. toises & demie, données à cens & rente par lesdits Augustins, par Contract du 12. Juillet 1613. moyennant 33. liv. 3. sols de rente, à Hubert le Sueur, lequel les ceda à Thomas Nepvot, qui les vendit par Acte du 10. Mars 1616. à Jacques Rolland, lequel en retroceda la moitié audit Nepvot le 27. Juillet suivant.

Ledit Rolland fit bastir une maison sur lesd. 55. toises un quart, qu'il vendit depuis aux Religieux de la Charité, par Contract du 21. Janvier 1625.

Ledit Nepvot vendit le 4. Aoust 1616. à Jean le Gay lesd. 55. toises un quart que ledit Rolland luy avoit retrocedées.

Ledit le Gay les revendit le 18. Novembre suivant à Jean de Lespine Charpentier, sur lesquelles il y fit bastir une maison qu'il vendit à Laurent Nota, par Contract du 26. Octobre 1619.

Ledit Nota la vendit par échange le 21. May 1624. à Joseph le Virelois Greffier au Baillage de Tresnel, lequel la vendit après aux Religieux de la Charité, par Contract du 4. Juin 1626.

Les Religieux de la Charité ont passé un seul Titre nouvel de toutes les places & maisons mentionnées cy-dessus, qu'ils possedent dans la censive de l'Université, moyennant douze deniers de cens par chacun arpent, pardevant Baglan Notaire le 1. Mars 1695.

# TROISIEME PARTIE,

## *Concernant l'alienation faite de partie du surplus du Grand Pré-aux-Clercs, depuis 1639. jusqu'à present.*

LES Adjudicataires du Parc de la Reine Marguerite s'étendant de jour en jour aux dépens de l'Université, pour raison de quoi il y a procès, comme nous le dirons dans la suite : Elle resolut de faire afficher la quantité de terre dépendante du grand Pré qu'elle vouloit donner à cens & rente : & elle en obtint permission de la Cour, après l'information faite que cette alienation ne pouvoit estre que tres-utile à l'Université, & tres avantageuse au public.

On commença d'abord par dresser la Ruë que l'on nomme aujourd'huy de l'Université, laquelle fut prise sur son fonds, de mesme que l'avoient esté les Ruës de Jacob de la petite Seine, aujourd'huy des Augustins, partie de la Ruë du Bac, & partie de celle des Saints Peres : après quoy elle fit des Contracts de baux à cens & rente avec *Messieurs Tambonneau President en la Chambre des Comptes, de Berulle Conseiller d'Estat, le Coq, Pithou, de Berulle, & de Bragelonne Conseillers en la Cour, Lhuillier & Leschassier Maistres des Comptes, Bailly de Berchere Tresorier General de France à Châlons, & le Vasseur Receveur General des Finances à Paris* : Les Contracts furent passez avec ces Messieurs pardevant Levesque & Boucot Notaires au Châtelet de Paris, les 31. Aoust & 3. Septembre 1639. lesquels furent homologuez à la poursuite & diligence desdits sieurs preneurs, & sur leur Requeste, par Arrest définitif du 19. Février 1641. duquel jour les rentes, à la charge desquelles lesdites places leur avoient esté données, ont commencé à courir.

NOTA Qu'encore que l'échean-

Ces places estoient toutes contigues les unes aux autres : & celle donnée au sieur de Berchere, attenant le cimetiere, dit des

Huguenots, aujourd'huy appartenant en partie à la Charité, estoit la premiere dans la ruë des saints Peres : ensuite dans la mesme ruë estoit celle donnée à Monsieur le Coq de Corbeville ; puis dans la Ruë de l'Université, celle donnée à Monsieur Pithou, celle donnée à Monsieur de Berulle Conseiller d'Estat, celle donnée à Monsieur le President Tambonneau, celle donnée à Monsieur Seguier, celle donnée à Monsieur de Berulle Maistre des Requestes, celle donnée à Monsieur Lhuillier, celles données à Messieurs Leschassier & de Bragelonne, celle donnée à Monsieur le Vasseur qui tient aujourd'huy au grand Hostel que l'Université a fait bastir sur son fonds ; lequel fait l'encoigneure de ladite Ruë de l'Université, & de la Ruë du Bac.

ce des rentes de toutes ces maisons ait esté fixée au 19. Février, cependant les Receveurs de l'Université n'en n'ont compté, que comme écheantes au dernier Septembre.

Messieurs de l'Abbaye qui n'ignoroient pas que ces places comme dépendantes & faisant partie du grand Pré aux Clercs, appartenoient tres-legitimement à l'Université, que mesme elle en avoit passé des Contracts de baux à cens & rentes que la Cour avoit homologuez par son Arrest du 19. Février 1641. ne laisserent pas de faire entendre aux mesmes preneurs, que ces places estoient dans leur censive, & les obligerent à les reconnoistre, & leur en faire mesme de nouveaux Contracts ; Aprés quoy ces Messieurs commencerent à faire bastir : & lors que Messieurs de l'Abbaye virent que les bastimens estoient presque finis, ils firent saisir entre les mains desdits sieurs preneurs, les rentes qu'ils s'estoient obligez de payer à l'Université, sous le faux pretexte que cesdites places leur appartenoient en propre. Et comme tout le Parlement estoit tres-convaincu de la possession legitime de l'Université, ils crurent qu'en s'adressant à un autre Tribunal, & depaïsant pour ainsi dire la matiere, ils pourroient plus aisément parvenir à leurs fins : ils porterent donc l'affaire au Grand-Conseil, & y firent assigner l'Université, laquelle, quoy qu'elle ait ses causes commises à la Grand'-Chambre, ne fit aucune difficulté de paroistre devant ce Tribunal, tres-asseurée que son bon droit & la justice de sa cause prevaudroient infailliblement à l'injuste pretention de Messieurs de l'Abbaye, lesquels quoy qu'ils eussent fort embroüillé l'affaire, ayant pris des Lettres en forme de Requeste civile contre plusieurs Arrests du Parlement qui les avoient deboutez de pareille demande, ne purent si-bien déguiser la verité qu'elle ne fût reconnuë. En effet aprés que cette affaire eut esté plaidée fort solemnellement de part & d'autre, il intervint Arrest sur les conclusions de Monsieur le Procureur General le 20. Juillet 1646. qui cassa les pretendus baux faits par l'Abbaye, & maintint l'Université dans la possession desdites places.

*Détail des Baux faits par l'Université les 31. Aoust & 3. Septembre 1639. homologuez par Arrest de la Cour du 19. Février 1641. & autorisez par Arrest du Grand Conseil du 20. Juillet 1646.*

## PREMIERE MAISON.

LE premier des Baux faits par l'Université, est celuy qu'elle passa pardevant Levesque & Boucot Notaires au Châtelet de Paris le 31. Aoust 1639. avec M. Pierre Bailly, Ecuyer sieur de Berchere Tresorier General de France à Châlons, d'une piece de terre sise sur la Ruë des saints Peres ou de la Charité, attenant le cimetiere des Religionnaires, duquel une partie appartient aussi à l'Université. Cette place contenant 12 toises de face dans ladite ruë sur 36 de long, & 432. toises en superficie, fut donnée moyennant 10 livres, 8 sols parisis de cens, qui font 13 ₶ tournois, & 432 ₶ de rente. Ledit sieur de Berchere fit bastir trois maisons sur cette place, dont il en vendit une, qui est celle du milieu, à Dame Renée de Boulainvilliers Comtesse de Courtenay, Veuve du sieur Marquis de Rambure, par Contract du 5. Juillet 1643. à la charge de l'acquitter envers l'Université de 300 ₶ de rente, faisant partie des 432 ₶ portez par son bail, & de 10 ₶ 8 s. de cens; & outre ce moyennant 58000 ₶, dont il resteroit 6000 ₶ és mains de ladite Dame, pour servir au rachapt desdits 300 ₶ de rente; à laquelle clause ladite Dame de Rambure n'a point satisfait, & sur laquelle dans la suite ladite maison a esté venduë & adjugée à M.

M. Claude Tiquet Conſeiller en la Cour, par Sentence des Requeſtes du Palais du 7. Septembre 1689. lequel a paſſé Titre nouvel le 16. Mars 1696. pardevant Baglan Notaire.

## DEUX & TROISIE'ME MAISON.

A L'égard des deux autres Maiſons, les creanciers des ſieur & dame De Berchere les ont venduës; ſçavoir une à Dame Marguerite Dalmeras, veuve de M. Roger François de Fromont Secretaire des commandemens de feu S. A. R. Monſieur, Duc d'Orleans, par Contract paſſé pardevant le Secq de Launay & Quarré Notaires le 19. Septembre 1668. & l'autre à M. Roger François de Fromont, Ecuyer ſieur de Villeneuve, par Contract paſſé pardevant les meſmes Notaires le 26. deſdits mois & an. Ledit Sieur De Fromont a paſſé Titre nouvel le 22. Mars 1687. pardevant Baglan Notaire.

## QUATRE & CINQUIE'ME MAISON.

CES deux Maiſons, dont l'une joignant la precedente fait l'encoigneure de ladite ruë des ſaints Peres, & l'autre eſt la premiere à main gauche dans la ruë de l'Univerſité, ſont baſties ſur 420 toiſes de terre données à cens & rente par l'Univerſité par Contract paſſé pardevant Leveſque & Boucot le 8. Aouſt 1639. à Meſſire Jean le Cocq, Seigneur de Corbeville, Conſeiller en la Grand'Chambre moyennant 420 liv. de rente, & 10 liv. pariſis de cens. Meſſire Jean-Baptiſte le Cocq, Conſeiller en la Cour, en a paſsé Titre nouvel le 26. Février 1695. pardevant Baglan Notaire.

## SIXIE'ME MAISON.

CEtte Maiſon eſt baſtie ſur 420. toiſes de terre données à cens & rente par Contract paſſé pardevant leſdits Leveſque & Boucot Notaires, le 8. Aouſt 1639. à Meſſire Pierre Pithou, Conſeiller au Parlement, moyennant 10. liv. pariſis de cens & 420 l. de rente, laquelle a eſté rachetée par quitance du 19. Juillet 1651.

Messire Henri de Bullion Conseiller au Parlement, & Dame Magdelaine de Vassan son Epouse, ont acquis par Contract d'Echange passé pardevant Mousnier & le Secq de Launay Notaires, le 25. May 1675. ladite maison de Messire Nicolas Durand de Villegagnon, & de Damoiselle Elisabeth Pithou son Epouse, fille & heritiere dudit feu sieur Pithou.

Ladite Dame veuve de Bullion & ses enfans ont passé Titre nouvel à l'Université, le 10. Septembre 1691. pardevant Lorimier Notaire.

## SEPTIE'ME MAISON.

CEtte Maison est bastie sur pareille quantité de terre, que les deux précedentes, donnée à cens & rente par l'Université par Contract passé pardevant les mesmes Notaires aux mesmes charges, & conditions à M. Charles de Berulle Maistre des Requestes, laquelle il a depuis venduë à Messire François d'Harville des Ursins, Marquis de Paloiseau par Contract passé pardevant Muret Notaire le 30. Avril 1657. & ledit sieur Marquis de Paloiseau a passé Titre nouvel pardevant Baglan Notaire le 21. Juillet 1694.

NOTA. Que par le Bail ledit Sr de Berulle n'avoit acquis que 420 toises: cependant par le mesurage qui a esté fait du bastiment construit sur ladite place, il s'en est trouvé 457. pour raison de quoi il y a procès pendant à la Cour.

## HUIT & NEUFIE'ME MAISON.

CES deux Maisons sont basties sur 1950 toises de terre, données à cens & rente par l'Université, par Contract passé pardevant les mesmes Notaires, ledit jour 31. Aoust 1639. à Messire Jean Tambonneau, Conseiller du Roy en ses Conseils, President en la Chambre des Comptes, moyennant 47 livres parisis de cens; & 1950 livres de rente, dont il en a esté racheté 500 liv. par quittances des 20. Janvier, & 12. Mars 1681. données par M. Charles Quarré lors Receveur de l'Université: partant la rente n'est plus que de 1450 liv. Messire Antoine Michel Tambonneau aussi President en la Chambre des Comptes, fils & heritier dudit feu sieur Tambonneau a passé Titre nouvel le 25. Octobre 1694. pardevant Baglan & son Confrere Notaires.

## DIX, ONZE, & DOUZIE'ME MAISON.

CES trois Maisons sont basties sur 675 toises de terre, données à cens & rente par l'Université, par Contract passé pardevant les mesmes Notaires le 3. Septembre 1639. à Messire Tanneguy Seguier, President au Parlement, moyennant 16 livres, 4 sols parisis de cens & 675 liv. de rente, laquelle fut depuis reduite à 588 livres, 16 s. 8 den au moyen de l'arpentage, fait de ladite place par Thomas Goubert Masson, le 5. Juillet 1660. nommé d'office par M. Coicault, Conseiller au Parlement & Commissaire aux Requestes du Palais; en consequence d'une Sentence renduë par ladite Cour le 8. Janvier 1659. & le cens reduit à 17 livres, 13 sols, 5 den.

Dame Marguerite de Menisson, veuve dudit sieur President Seguier vendit ladite place par Contract passé pardevant Huart & Lemoyne Notaires au Châtelet le 8. Decembre 1643. à M. André Briçonnet sieur du Mesnil & de la Chaussée à la charge de payer les arrerages desdits cens & rente.

Dame Loüise Pithou veuve dudit sieur Briçonnet rachetta ladite rente, montant en principal à 11776 livres, 13 sols, 4 den. par quittance passée pardevant Pain & Mousnier Notaires le 31. Juillet 1660.

Messire François Briçonnet Maître des Comptes, tant comme fils & heritier dudit sieur André Briçonnet, que comme Donataire de ladite Dame Pithou sa mere, en faveur de son Contract de mariage du 20. Janvier 1659. a passé Titre nouvel desdites trois maisons le 21. Mars 1688. pardevant Baglan Notaire.

## TREIZIE'ME MAISON.

CETTE Maison est bastie sur 650 toises de terre, données à cens & rente par l'Université par Contract passé pardevant les mesmes Notaires le 3. Septembre 1639. à Messire Jean de Berulle, Seigneur du Vieuxverger & de Serilly, Conseiller d'Etat, moyennant 15 livres, 12 sols parisis de cens, & 650 livres de rente.

Les mesmes jour & an, ledit sieur de Berulle en passa declaration au profit de M. Jean Bouthier Secretaire de la Reine, & de Damoiselle Anne Prieur sa femme.

Jean Loüis & Anne Bouthier, enfans & heritiers desdits sieur & Damoiselle Bouthier, échangerent ladite place par Contract du 21. Janvier 1658. avec M. Adrien Guitonneau, Secretaire du Roy, lequel par autre Contract du 13. May 1660. l'échangea avec Dame Elisabeth Lhuillier épouse non-commune en biens de Messire Estienne Daligre, Chancelier de France, qui la fit decreter; & s'en rendit Adjudicataire par Sentence du Châtelet du septiéme May 1661. & avant que l'Adjudication luy en eut esté faite, elle la fit mesurer & arpenter par Thomas Gobert M. Masson Expert convenu par les Parties, les 22. & 26. Février audit an 1661. & par l'arpentage ladite place ne se trouva contenir que 570 toises, 3 pieds, 9 poulces, c'est-à-dire quatre-vingts toises ou environ moins qu'il n'est porté par ledit Contract de Bail à cens & rente, de maniere que la rente fut reduite à 570 l. 2 s. 1 d. & le cens à 17 l. 2 s.

Jacques Laugeois sieur d'Imbercourt, Secretaire du Roy, a acquis ladite place de ladite Dame Daligre par Contract passé pardevant Bru & Arrovet Notaires le 19. Septembre 1681. sur laquelle il a fait bastir une grande maison, dont il a passé Titre nouvel le 8. Mars 1687. pardevant Baglan Notaire.

## *QUATORZIE'ME MAISON.*

CETTE Maison est bastie sur 585 toises & demie de terre, données à cens & rente par l'Université, par Contract passé pardevant les mesmes Notaires le 3. Septembre 1639. à M. François Lhuillier Maître des Comptes, moyennant 14 livres parisis de cens, & 585 l. 10 s. de rente.

Ledit sieur Lhuillier estant mort, Dame Elisabeth Lhuillier sa sœur, Epouse dudit Seigneur Chancelier Daligre, tant comme son heritiere, que comme fondée de procuration de M. François Bochard de Saron, à cause de Dame Magdelaine Lhuillier son Epouse, aussi sœur & heritiere dudit sieur Lhuillier, passa Titre nouvel à l'Université le 28. Avril 1663. & declara par iceluy que l'arpentage ayant esté fait de ladite place par Michel Gemin, Arpenteur convenu, ladite place suivant son procez Verbal du 3. Juillet 1650. ne se feroit trouvée contenir que 478 toises, 3 quarts, 7 pieds, 35 poulces, c'est-à-dire 106 toises quelques pieds moins qu'il n'est porté par le Contract de Bail à cens & rente, partant que ladite Dame de Saron & elle n'estoient obligées que de payer 478 livres, 19 s. de rente, & 14 l. 6 s. 4 den. de cens, au lieu de 585 liv. 10 s. de rente, & 17 liv. 10 s. de cens. Messire Jean Bochard de Saron, Conseiller en la Grande Chambre en a passé Titre nouvel pardevant Baglan Notaire le 20. Février 1695.

## *QUINZIE'ME & SEIZIE'ME MAISON.*

CES deux Maisons sont basties sur 917 toises de terre, données à cens & rente par l'Université, par Contract passé pardevant les mesmes Notaires le 3. Septembre 1639. à Messire Christophe Leschassier, Maistre des Comptes, & Messire Thomas de Bragelonne, Conseiller au Parlement & depuis premier President au Parlement de Metz, moyennant 21 liv. 19 sols parisis de cens, & 917 liv. de rente, le tout solidairement; la rente a esté rachetée.

Ledit sieur Leschassier a donné la Maison qu'il a fait bastir sur partie de ladite place, à M. Robert Leschassier son fils, aujourd'huy Conseiller en la Grand' Chambre, par son Contract de mariage du 29. May 1661. pardevant la Mothe Notaire, lequel a passé Titre nouvel le 20. Novembre 1694. pardevant Baglan Notaire, tant pour sa maison que pour celle bastie par ledit sieur President de Bragelonne: les deux maisons estant obligées solidairement à l'Université.

## *DIX-SEPTIE'ME MAISON.*

CETTE Maison est bastie sur 444 toises de terre, données à cens & rente par l'Université, par Contract passé pardevant les mesmes Notaires le 3. Septembre 1639. à M. Jean le Vasseur, Receveur General des Finances à Paris, moyennant 12 l. 16 s. 9 d. de cens, & 444 liv. de rente, laquelle a esté rachetée.

Le 3. Février 1655. ledit sieur le Vasseur par son Testament olographe, institua ses Legataires universels Olivier Picques, Secretaire du Roy, & Dame Marie le Vasseur son Epouse.

Jean, Marie, Catherine & Anne Picques, enfans & heritiers desdits sieur & Dame Picques, en ont passé Titre nouvel le 6. Juillet 1688. pardevant Baglan Notaire.

## DIX-HUITIE'ME MAISON.

CETTE Maison bastie sur toises de terre, est celle que l'Université a fait construire à ses frais & dépens, & laquelle fait l'encoigneure de ladite ruë de l'Université & de celle du Bac.

Il est à observer que derriere & attenant les Jardins dependans des maisons de Messieurs Tambonneau & Briçonnet, il y a 66 toises de terre dependantes dudit Grand Pré-aux-Clercs, encloses & faisant partie du Jardin des Religieux Jacobins du Novitiat, lesquelles furent autrefois données à cens & rente par M. Samuel Dacole, fondé de procuration de l'Université par acte & déliberation des 22 Aoust 1629. & 9. Mars 1630. aux nommez Jacques le Fevre, Catherine du Bois sa femme; & Pierre Pijard, & Anne le Fevre aussi sa femme, par Contract passé pardevant Coustard & Jutet, Notaires au Châtelet le 11. Mars 1630. Ce qui donna occasion à la passation de ce Contract, fut que M. Loüis Dulac, Prieur de Loüis, s'estant rendu Adjudicataire d'une maison, clos, jardin & moulin, saisis réellement sur Jean Allen & sa femme, pour rendre ledit clos quarré s'étendit sur l'Université; & depuis ayant vendu le tout auxdits Pijard & le Fevre, & l'Université ayant esté avertie de l'entreprise dudit sieur Dulac, elle demanda qu'il luy en fût fait raison par ledit Dulac, ou lesdits Pijard & le Fevre: ce qui forma un procés, dont lesdits Pijard & le Fevre apprehendans avec raison l'issuë, ils consentirent de prendre à cens & rente de l'Université, ce qui se trouveroit avoir esté empieté sur elle. Ainsi il en fut fait arpentage par Gaspard Hubert, & Christophe Gamart Massons, lesquels par leur procés Verbal du 18. Janvier 1630. évaluerent l'entreprise à 66 toises, pour lesquelles lesdits Pijard & le Fevre offrirent de payer à l'Université 7 liv. de rente, & 1 den. de cens: ce qui leur fut accordé par le susdit Contract dudit jour 11. Mars 1630,

Les Jacobins du Novitiat ont depuis acquis les droits desdits Pijard & le Fevre, & en ont passé pardevant Baglan Titre nouvel à l'Université le 27. Mars 1688. par lequel ils ont declaré que desdites 66 toises de terre, ils en avoient donné neuf à Monsieur le President Tambonneau par Contract du 13. Septembre 1646. pour rendre quarré un jardin estant derriere la maison qui luy appartient, attenant celle où il demeure, à la charge de les acquitter de 40 sols de rente : plus les 3 quarts d'une perche à M. André Briçonnet le 12. Octobre 1646. dont il avoit eu besoin parce qu'ils faisoient hache sur son bastiment derriere sa maison.

## *DIX-NEUF, VINGT, & VINGTUNIE'ME MAISON.*

CES trois Maisons sont basties dans la rue du Bac, sur 360 toises de terre, d'une part, données à cens & rente par l'Université à M. Jacques du Chevreüil par Contract du 15. Octobre 1639. moyennant 10 liv. parisis de cens, & 360 liv. de rente.

Et encore sur 608 toises & demie de terre, données à cens & rente par ladite Université à M. René Foucault, Commissaire General de la Marine, par Contract du 7. Aoust 1660. moyennant 14 liv. 12 sols parisis de cens, & 608 l. 10 s. de rente.

Ledit sieur du Chevreüil ceda ses droits à Claude Colas Charpentier, par Contract du 4. May 1643.

Ledit Colas vendit une maison qu'il avoit fait bastir sur ladite place à M Jean Coiffier, Maistre des Comptes, par Contract du 19. Mars 1666. lequel depuis ayant acquis des heritiers beneficiaires dudit sieur Foucault l'autre place de 608 toises, fit abbatre la maison qu'il avoit acquise dudit Colas, & fit construire sur lesdites deux places trois maisons, lesquelles dans la suite ont esté sur luy venduës par les Directeurs de ses creanciers, à M. François de Roussereau, Maistre des Comptes, lequel a passé Titre nouvel pardevant Quarré & son Confrere, Notaires, le 8. Octobre 1682.

A la suite de ces Maisons sont les places qui ont esté venduës à Dame Renée de Villeneuve, Veuve dudit Sieur de Roussereau, Maître des Comptes, & à M. Gaston Jean Baptiste Therat, Chancelier de S. A. R. Monsieur, Duc d'Orleans, revenantes à

1600 toises de terre, chargées envers l'Université de 48 livres de cens, par Contract passé pardevant le Vasseur & Baglan Notaires le 20. Septembre 1688. & depuis ladite Dame de Rousse-reau a acquis les droits dudit sieur Therat, par Contract du 2. Septembre 1688.

# CONCLUSION.

IL paroist par tout ce qui a esté dit cy-dessus, que la censive du petit Pré aux Clercs commence dans la ruë du Colombier à la sixiéme maison à droite, en y entrant par la ruë de Seine, & contient tant dans ladite ruë du Colombier, que dans celle des Marais & des petits Augustins, toutes les maisons qui ont esté énoncées dans la premiere partie de ce Memoire, depuis la page 13. jusqu'à la page 32.

A l'égard du grand Pré il commence d'un costé dans la ruë qu'on nommoit autrefois des égouts, & maintenant de saint Benoist. Mais quoi qu'anciennement la premiere borne dudit Pré de ce côté là, suivant le mesurage fait par Nicolas Girard Arpenteur, au mois d'Aoust 1551. en execution d'un Arrest de la Cour du 14. May de la mesme année, fust posée vis-à-vis de l'ancienne porte du Clos de saint Germain des Prés, (laquelle porte estoit entre deux tourelles qui sont encore extantes, mais enfermées dans ledit Clos:) cependant la censive de l'Université ne commence aujourd'huy qu'à la ruë des Anges: ce qui fait voir que le terrain qui est entre ladite ruë des Anges, & le lieu qui répond à ces tourelles, a esté usurpé sur l'Université.

On a fait dans la deuxiéme partie de ce Memoire le dénombrement des maisons & places que possedent les Religieux de l'Hôpital de la Charité dans ledit Pré aux Clercs, & il paroist que ce Pré est borné tant par l'ancienne Clôture dudit Hôpital, que par un mur de refend, qui suit le long d'une Galerie ou Charnier, & va rendre à l'Apotiquairerie, d'où il faut concevoir une ligne, qui

perce

perce dans la ruë des Saints Peres, où eſtoit la ſeconde borne, & paſſant par le cimetiere dit des Huguenots (à cauſe qu'on y enterroit cy-devant ceux de la Religion pretenduë reformée,) traverſe le Jardin des Jacobins, dont une partie eſt dans la cenſive de l'Univerſité, comme il a eſté dit; & va par les ruës du Bac & de Belle-chaſſe aboutir à un chemin, qui fait la ſeparation du Pré aux Clercs d'avec celuy, qu'on appelloit autrefois le Pré aux Moines, auprés de la maiſon des filles qu'on nomme de ſaint Joſeph.

Ainſi la cenſive de l'Univerſité contient non ſeulement toutes les maiſons qui ſont ſur la gauche dans les ruës Jacob & de l'Univerſité, depuis l'encoigneure de la ruë de ſaint Benoiſt, juſqu'à la ruë du Bac: mais encore toutes celles, qui ſont dans la ruë des Anges; celles qui ſont dans la ruë des Saints Peres, juſqu'au cimetiere des Huguenots, dont une partie eſt auſſi compriſe dans la meſme cenſive; & les trois maiſons qui ſont dans la ruë du Bac vis-à-vis de l'Hôtel de l'Univerſité.

Pour ce qui eſt de l'autre côté dudit grand Pré, il commence à l'extremité de l'une des maiſons de l'Hôtel-Dieu, la plus proche des petits Auguſtins, dont il a eſté fait mention à la page 38. (auquel lieu eſtoit autrefois la trente-troiſiéme borne,) & continuant par le Monaſtere deſdits Auguſtins le long de la muraille, qui fait la ſeparation de leur ancien & de leur nouveau Clos (dans lequel nouveau Clos ſont trois quartiers, ſix perches de terre, qu'ils tiennent à cens & rente de l'Univerſité, ainſi qu'il a eſté dit) il perce la ruë des Saints Peres, & ſuit les anciennes bornes plantées en 1551. qui faiſoient la ſeparation dudit grand Pré d'avec le parc de la Reine Marguerite, pour aller ſe rendre à l'autre extremité auprès de la maiſon des filles de ſaint Joſeph, où il forme dans ſa figure une eſpece de hache, qui eſtoit renfermée dans les 15. 16. 17. 18. 19. 20. 21. & vingt-deuxiéme bornes.

De maniere que toutes les maiſons qui ſont dans la ruë des petits Auguſtins, depuis celles de l'Hôtel-Dieu juſqu'à l'encoigneure de la ruë Jacob; & celles de la ruë Jacob à droite, depuis ladite encoigneure juſqu'à la ruë des Saints Peres, & encore celses qui appartiennent aux Augustins dans ladite ruë des Saints Peres, lesquelles ont esté basties sur la place qu'ils avoient acquise d'Alphonse Mesnard Marbrier, comme il a esté dit, sont dans la censive de l'Université.

Mais depuis ladite ruë des Saints Peres jusqu'à la ruë du Bac, quoique le terrain qui est au côté droit de la ruë de l'Université, contenu entre ladite ruë & les anciennes bornes dudit grand Pré, appartienne veritablement à l'Université; neanmoins elle ne reçoit point la censive des maisons qui y sont bâties: parceque les Adjudicataires du parc de la Reine Marguerite s'en sont emparez: pour raison dequoy ladite Université est en procés contre lesdits Adjudicataires, leurs heritiers, ou ceux qui pretendent avoir droit d'eux: duquel procés ils ont jusqu'à present empeché l'instruction & le Jugement.

Tout le reste du grand Pré aux Clercs depuis les trois maisons qui sont dans la ruë du Bac, vis-à-vis l'Hôtel de l'Université, jusqu'à son extremité proche les filles de saint Joseph, à laquelle extremité estoient autrefois les 18. & dix-neuviéme bornes, n'est point bâti. On peut voir pour plus grande intelligence de toutes ces choses le plan gravé dans la planche que l'on trouvera à la fin.

Voila à peu près en quoy consiste cét ancien Patrimoine, que l'Université a reçû de nos Rois. Au reste, comme ce Memoire n'est pas l'ouvrage de toute l'Université, quoi qu'imprimé par son ordre: on ne doit pas tirer à consequence contre elle les fautes ou omissions qu'on pourroit y avoir faites. On espere qu'il ne s'y en trouvera point de considerables: parce qu'on s'est reglé sur une Declaration donnée par l'Université à la Chambre du Thresor le 6. Aoust 1677.

Il est bon d'avertir que ce Memoire estoit achevé dés le temps que l'Université fit sa conclusion pour l'imprimer. L'Inventaire de tous les Titres concernans le Pré aux Clercs estoit aussi fait, & tous ces Titres avoient esté remis dans les Archives de l'Université, au College de Navarre: dans lesquelles on avoit pareillement rangé par liasses en differents tiroirs, & inventorié les anciens Titres qui s'y étoient trouvez: de sorte qu'il y avoit tout sujet d'esperer que l'Université recevroit dés ce temps-là le fruit d'un travail de prés de deux années, parce que ceux des Censitaires qui estoient en demeure pour passer leurs Titres nouvels, offroient de le faire incessamment. Neanmoins un seul d'entre eux s'étant opiniâtré à vouloir se faire décharger d'une solidité, de laquelle il pretendoit n'estre pas tenu, il a esté cause que l'on ne s'est pas pressé de faire passer des Titres nouvels à ceux qui n'en refusoient pas, & il a retardé jusqu'à present l'execution d'un dessein, qui avoit esté entrepris pour le bien de l'Université, sans en tirer aucun avantage pour luy-même. Voilà enfin l'Ouvrage imprimé : on souhaite qu'il ne soit pas inutile à ceux qui viendront aprés nous : c'est tout ce qu'on s'y est proposé.

Ce Samedy dernier jour de Juin 1696.

# ARRESTS NOTABLES

*Rendus en faveur de l'Université, touchant le Pré aux Clercs.*

NOus avons dans nos Archives plusieurs Arrests rendus en differens temps au profit de l'Université touchant le Pré aux Clercs : nous ne nous arrestons qu'à ceux qui sont les plus importans. On peut en voir un du Parlement du 10. Juillet 1548. rapporté par M. du Boulay dans le sixiéme Volume de l'Histoire de l'Université, pag. 407. dans lequel entre plusieurs chefs de contestation jugez en faveur de l'Université contre le Cardinal de Tournon, Abbé de l'Abbaye de S. Germain des Prez, & les Religieux de ladite Abbaye, il est dit vers la fin ; *Et en tant que touche la censive que l'Vniversité dit lesdits Religieux, Abbé & Convent pretendre sur elle : Ladite Cour, suivant le consentement de l'Avocat & Procureur desdits Religieux & Convent, a ordonné & ordonne que icelle Vniversité joüira desdits deux Prez, petit & grand, ensemble des deux arpens, librement, & sans aucune charge*, &c.

Cet Arrest fut suivi d'un autre du 14. May 1551. touchant les limites du Pré aux Clercs, qui se trouve dans le mesme Volume de l'Histoire de l'Université, pag. 440. ensemble un mesurage contenant une ample énonciation de l'étenduë de l'un & l'autre Pré, avec leurs bornes plantées suivant le plan dressé & presenté à la Cour en ce temps-là, qu'elle homologue tacitement.

Ces deux Arrests sont encore imprimez dans un ouvrage particulier du mesme M. du Boulay, qui a pour titre, *Memoires Historiques sur la proprieté & Seigneurie du Pré aux Clercs.* Ainsi nous nous contenterons d'en rapporter icy trois ; un du Parlement du 23. Decembre 1622. portant récision du Contract fait avec la Reine Marguerite le 31. Juillet 1606. & deux autres du Grand Conseil contre Messieurs de l'Abbaye de S. Germain des Prez, des années 1645. & 1646. parce que ces trois Arrests estant joints avec les deux dont nous venons de parler, qui sont entre les mains de tout le monde, sont plus que suffisans pour asseurer la proprieté & la Seigneurie du Pré aux Clercs à l'Université.

## *Arrest du Parlement du 23. Decembre 1622.*

ENTRE les Recteur, Doyens, Procureurs, & Supposts de l'Université de Paris, demandeurs en Lettres de récision, Requeste civile, & ampliation des 15. Avril 1614. & 13. Février 1616. Et encore aux fins d'une Requeste par eux presentée à la Cour le 11. Octobre 1615. d'une part : Et M. Nicolas Tanneguy, curateur créé par le Roy à la succession de la Reine Marguerite, ayant repris le procés en son lieu : Et François Percheron, René le Breton, Philippes Bacot, Pierre Havon, Robert Lorin, Nicolas Riverin, Maistre Robert Friffard, Baptiste Penot, les Freres de la Charité, Nicolas Dheve, Thomas Nevault, Pierre Caurup, Suzanne Guenard, Timothée Pinet, Jacques Prudhomme, Gabriel Fustel, M. Nicolas le Vauquelin, sieur des Yveteaux, Jean Dubut, Jean Clergerie, & les Religieux, Prieur & Convent des Augustins reformez, défendeurs d'autre. Veu par la Cour lesdites Lettres en forme de Requeste civile du 15. Avril 1614. tendantes à fin de restitution & récision du Contract du dernier Juillet 1606. par lequel Maistre François Engoullevent, les Doyens des Facultés de Theologie & Medecine, les Procureurs des Nations, & Procureur Fiscal de ladite Université, auroient vendu à ladite Reine Marguerite, Duchesse de Valois, six arpens de terre, dépendans du petit Pré aux Clercs, aux charges y contenuës, & ce nonobstant l'Arrest d'homologation dudit Contract, du 5. Septembre 1609. Lesdites Lettres d'ampliation, & Requeste Civile du 13. Février 1616. contre l'Arrest du 19. Février 1614. par lequel les Lettres d'établissement desdits Religieux Augustins auroient esté verifiées. Ladite Requeste du

11. Octobre 1615. tendante à ce que l'Arrest qui interviendroit fust declaré commun avec lesdits Religieux Augustins, Freres de la Charité, le Vauquelin, Percheron, le Breton, Bacot, Havon, Lorin, Riverin, Frissard, Penot, Dheve, Nevault, Caurup, Pinet, Prudhomme, Dubuc, & Clergerie : Arrest du 10. Mars 1616. par lequel toutes les parties sur lesdites Lettres en forme de Requeste Civile, récision, & autres differents, auroient esté appointées au Conseil, à écrire & produire, bailler contredits & salvations dans le temps de l'Ordonnance : Plaidoyez & productions desdits Demandeurs & dudit Tanneguy, Religieux Augustins, & dudit le Vauquelin : Contredits & salvations desdits Demandeurs, Tanneguy, & desdits Religieux Augustins Reformez : Forclusions de produire & contredire par lesdits Percheron, le Breton, & autres particuliers : Production nouvelle dud. Tanneguy, suivant la Requeste du 30. Avril 1622. Contredits & salvations d'icelle : Autre production nouvelle desdits Demandeurs contre led. Tanneguy, aussi receuë suivant la Requeste du 21. Juin ensuivant, & contredits d'icelle : Acte de redistribution de ladite instance, des 25. Février, 11. & 13. Mars 1621. Conclusions du Procureur General du Roy, & tout ce que lesdites parties ont mis & produit, & tout consideré : DIT A ESTÉ, que la Cour ayant égard ausdites Lettres de restitution & Requeste Civile, du 15. Avril 1614. & icelle enterinant, a remis & remet les parties en tel état qu'elles étoient auparavant le Contract du dernier Juillet 1606. & Arrest d'homologation d'iceluy, du 5. Septembre 1609. Ordonne que les rentes créées & constituées au profit de ladite feuë Reine Marguerite, ou desdits Religieux Augustins Reformez, sur les places dependantes des six arpens de terre mentionnées aud. Contract, appartiendront à ladite Université. Et ce faisant, ayant égard à ladite Requeste du 11. Octobre 1615. a condamné & condamne lesdits Percheron, le Breton, Bacot, Havon, Lorin, Riverin, les Freres de la Charité, Frissard, Guenard, Clergerie, Prudhomme, le Vauquelin, & autres, à present possesseurs des places dependantes desdits six arpens, payer & continuer à l'avenir à ladite Université les cens & rentes, à la charge desquelles leur ont esté bail-

lées lesdites places par ladite feuë Reine Marguerite, ou autres, ayans droit d'elle desdits cens & rentes, en passer Titre nouvel & reconnoissance au profit de ladite Université. Ordonne neanmoins pour certaines causes & considerations à cela mouvantes, que le surplus desdits six arpens que lesdits Religieux se sont reservez, leur demeurera, pour en joüir comme ils ont cy devant fait, à la charge de dix livres de rente, & douze deniers parisis de cens pour arpent envers ladite Université, pour toutes choses generalement quelconques : Et sur les Lettres d'ampliation de Requeste Civile, a mis & met les parties hors de Cour & de procés, sans dépens desdites instances, dommages & interests, ny restitution de fruits, tant échûs que ceux qui écherront jusqu'au dernier jour du present mois. Prononcé le 23. Decembre 1622. Signé, GALLARD.

Le 31. Decembre 1622. fut le present Arrest signifié, & d'iceluy baillé copie à Maistre Gorlidot Procureur des Religieux & Convent des Augustins Reformez de cette Ville de Paris, parties adverses denommées au present Arrest, en parlant au domicile dudit Gorlidot, à Loüis Lothe son Clerc, par moy Huissier en Parlement, soussigné, Goizet.

Le 4. & 5. Janvier 1623. fut le present Arrest signifié, & d'iceluy baillé copie à Maistres Chauchefoing, Pucelle, & Pioline Procureurs des parties adverses. Signé, Goizet.

## *Arrest du Grand Conseil du 27. Juin 1645.*

LOUIS par la Grace de Dieu, Roy de France & de Navarre : A tous ceux qui ces presentes Lettres verront, Salut. Sçavoir faisons, que comparans en jugement en nostre Grand Conseil Nostre tres-cher & bien aimé Oncle Messire Henry de Bourbon Evesque de Metz, Prince du Saint Empire, Abbé de l'Abbaye l'Abbaye de Saint Germain des Prez lez-Paris, & les Religieux, Prieur & Convent de ladite Abbaye demandeurs en Requeste par eux presentée à nostredit Conseil, le 13. Octobre 1639. à ce que deffences fussent faites aux Deffendeurs cy-aprés nommés & tous autres de vendre, engager, arrenter ny autrement dispo-ser en quelque façon & maniere à quelque personne que ce soit, les Prés aux Clercs; Que les Contracts de vente & arrentement par eux faits soient nuls & resolus; & sans s'arrester à iceux, que les Escoliers & le public seront maintenus en la possession en laquelle ils sont d'aller & frequenter sur lesdits Lieux, & qu'aucuns bastimens n'y seront élevez, avec deffences de passer outre à l'exe-cution des Contracts de vente, bastir & édifier ésdits Lieux, d'une part: *Et les Recteur, Doyens, Procureurs & Supposts de l'Université de Paris deffendeurs, d'autre.* Et encore entre lesdits Abbé, Religieux & Convent de ladite Abbaye S. Germain demandeurs en autre Requeste par eux presentée à nostredit Conseil le 23. Mars 1640. à ce qu'ils soient receus opposans à l'execution des Con-tracts faits par lesdits Recteur, Doyens, Procureurs & Supposts de ladite Université de Paris ésdits Prez aux Clercs & portion d'i-ceux contre lesdits Lieux appartenans à ladite *Abbaye, & non à autres en proprieté, Censive & Directe*; Ce faisant, sans avoir égard ny s'arrester ausdits Contracts, les fins & conclusions prises par lesdits Demandeurs en leurdite Requeste dudit jour 13. Octo-bre, comme justes, à eux faites & adjugées, d'une part: Et lesdits Recteur, Doyens, Procureurs & Supposts de ladite Université def-fendeurs, d'autre. Et encore entre lesdits Abbé, Religieux & Con-vent de S. Germain demandeurs en Lettres en forme de Requê-ste Civile par eux obtenuës en nostre Chancelerie de Paris le 17. du present mois, aux fins d'estre restitués & remis en tel estat qu'ils estoient auparavant les trois Arrests y mentionnez de nostre Parlement de Paris au profit desdits Recteur, Doyens, Procureurs & Supposts de ladite Université; Le premier du 5. Aoust 1586. le deuxiéme à l'encontre de Gabriel le Clerc Bourgeois de Paris; Et le troisiéme du 2. Mars 1630; Ce faisant que leurs fins & con-clusions leur soient faites & adjugées d'une part: Et lesdits Recteur, Doyens, Procureurs & Supposts de ladite Université de Paris deffendeurs, d'autre. Et encore entre lesdits Abbé, Religieux & Convent demandeurs en autres Lettres en forme de Requeste Civile par eux obtenuës en nostre Grand Conseil, tenu le 26. desdits presens mois & an, aux fins d'estre restitués contre lesdits Arrests; lesdites Lettres portant attribution de Jurisdiction à nostredit Conseil d'icelles, & deffendeurs d'une part: Et lesdits Recteur, Doyens, Procureurs & Supposts de ladite Université deffendeurs ésdites Lettres, & demandeurs en Requeste verbale par eux faite ce jourd'huy en l'Audiance de nostredit Conseil, à ce que deboutant les Abbé, Religieux & Convent desdites Requestes & Lettres de Requeste Civile, mainlevée soit faite ausdits de l'Université des saisies faites és mains des sieurs le Coq, Bailly, Tambonneau & autres; & en ce faisant, que les deniers deûs à cause des arrerages des rentes, cens & surcens deubs à ladite Université, leur seront baillez, d'autre part. Aprés que Bernage pour lesdits Abbé, Religieux & Convent de ladite Abbaye saint Germain; Camus, pour lesdits Recteur, Doyens, Procureurs & Supposts de ladite Université, & Basin pour nostre Procureur General ont esté oüis, iceluy nostredit Grand Conseil par son Arrest sur les Requêtes & demandes desdits Abbé, Religieux & Convent de saint Germain des Prez, & Lettres en forme de Requeste Civile par eux obtenuës, *A mis & met les Parties hors de Cour & de procez. Et ayant égard à la Requeste verbale desdits Recteur, Doyens, Procureurs & Supposts de l'Université de Paris, leur a fait & fait main-levée des saisies faites à la Requeste desdits Abbé Religieux & Convent, és mains desdits le Coq, Bailly, Tambonneau & autres debiteurs desdites rentes. Ordonne qu'ils vuideront leurs mains de ce qu'ils doivent des arrerages d'icelles en celles desdits Recteur, Doyens, Procureurs & Supposts de l'Université: Et ce faisant, en demeureront bien & valablement deschargez sans dépens.* SI DONNONS en Mandement, & commettons par ces presentes au premier des Huissiers de nôtredit Grand Conseil en ce qui est executoire à nostre suite & celle de nostredit Conseil, & hors d'icelle à nosdits Huissiers ou autre nostre Huissier ou Sergent sur ce requis, que à la Requeste desdits Recteur, Doyens, Procureurs & Supposts de l'Université de Paris le present Arrest il mette à deuë & entiere execution de point en point, ſelon ſa forme & teneūr, en ce que l'execution y eſt & ſera requiſe, en contraignant à ce faire ſouffrir & obeïr tous ceux qu'il appartiendra, & qui pour ce ſeront à contraindre par toutes voyes deuës & raiſonnables, nonobſtant oppoſitions ou appellations quelconques, pour leſquelles & ſans préjudice d'icelles ne voulons eſtre differé ; Et faire en outre pour l'execution dudit preſent Arreſt toutes ſignifications, aſſignations, commandemens, contraintes, & autres Exploits requis & neceſſaires : de ce faire avons à noſtredit Huiſſier ou Sergent donné & donnons pouvoir. Mandons & commandons à tous nos Juſticiers & Officiers & Sujets qu'à luy ce faiſant, ſans pour ce demander *Placet, Viſa*, ne *Parcatis*, ſoit obey. En témoin dequoy nous avons fait mettre & appoſer noſtre ſcel à ceſdites preſentes. Donné & prononcé en l'Audiance de noſtredit Grand Conſeil à Paris, le 27. jour de Juin, l'An de Grace 1645. Et de noſtre Regne le 3. Par le Roy à la relation des Gens de ſon Grand Conſeil, ROGER.

## *Autre Arreſt du Grand Conſeil, du 20. Juillet 1646.*

LOUIS par la Grace de Dieu, Roy de France & de Navarre ; A tous ceux qui ces preſentes Lettres verront, Salut. Sçavoir faiſons, comme par Arreſt ce jourd'huy donné en noſtre Grand Conſeil, ſur la demande & profit de défaut, requis par nos bien amés les Recteur, Doyens, Procureurs & Suppoſts de l'Univerſité de Paris, Demandeurs & requerans que les Contracts & Baux à cens & rentes, faits par les Religieux & Convent de l'Abbaye de ſaint Germain des Prez lez-Paris, pardevant Leveſque & Boucot, Notaires au Châtelet de ladite ville de Paris, aux ſieurs le Cocq, Bailly, Pithou, de Berulles, Tambonneau & autres des heritages y mentionnés, ſis au Pré aux Clercs, du quatorziéme jour de May mil ſix cens quarante, ſoient declarez nuls & de nul effet, ordonné que ſur les minutes d'iceux, il ſera fait mention tant du preſent Arreſt que de celuy de noſtredit Conſeil du vingt-ſeptiéme Juin mil ſix cens quarante-cinq, & que pardevant le Commiſſaire, qui à ce faire ſera deputé par noſtredit Conſeil, il ſera procedé à la reconnoiſſance des anciennes bornes & limites dudit Pré aux Clercs, & qu'aux lieux où il s'en trouvera d'oſtées & arrachées, il en ſera mis de nouvelles; A l'encontre deſdits Abbé, Religieux & Convent de ladite Abbaye ſaint Germain des Prez, Défendeurs & défaillants. VEU PAR NOSTREDIT CONSEIL ladite demande; Arreſt de noſtredit Conſeil, par lequel aprés la declaration de M. Claude le Brun, Procureur audit Conſeil, & deſdits Abbé, Religieux & Convent, défaut auroit eſté donné à l'encontre d'eux, en la preſence dudit le Brun leur Procureur, & ordonné que le Jugement d'iceluy ſurſeoiroit juſques au Jeudy en ſuivant du quinziéme jour de May mil ſix cens quarante-ſix; Ledit Arreſt de noſtredit Conſeil dudit jour vingt-ſeptiéme Juin mil ſix cens quarante-cinq, par lequel ſur les Requeſtes & demandes deſdits Abbé, Religieux & Convent de ſaint Germain des Prez, & Lettres en forme de Requeſte Civile par eux obtenuës, afin d'eſtre remis en tel eſtat qu'ils eſtoient auparavant les Arreſts du Parlement de Paris des cinquiéme Aouſt mil cinq cens quatre-vingt-ſix, & onziéme jour de Mars mil ſix cens trente, les Parties auroient eſté miſes hors de Cour & de procés; & ayant égard à la Requeſte Verbale deſdits Recteur, Doyens, Procureurs & Suppoſts de ladite Univerſité, main-levée leur auroit eſté faite, des ſaiſies faites à la Requeſte deſdits Abbé, Religieux & Convent, és mains deſdits le Cocq, Bailly, Tambonneau & autres des arrerages des rentes, cens, ſurcens deubs à ladite Univerſité, ordonné que leſdits le Cocq, Bailly, Tambonneau & autres vuideront leurs mains de ce qu'ils devoient des arrerages d'icelles, en celles deſdits Recteur, Doyens, Procureurs & Suppoſts de ladite Univerſité, ce faiſant en demeureront bien & valablement déchargés ſans dépens; Ledit Arreſt de noſtre Cour de Parlement de Paris dudit jour deuxiéme Mars mil ſix cens trente, par lequel ſans avoir égard à l'intervention deſdits Abbé, Religieux & Convent de ſaint Germain des Prez, M. Nicolas Le Vauquelin, ſieur des Yveteaux, & Claude le Bret le jeune auroient eſté condamnés exhiber auxdits de l'Univerſité, leſdits Contracts d'acquiſition par eux faits de la maiſon ſiſe au Fauxbourg ſaint Germain, ruë des Marais, leur payer chacun d'eux, les lods & ventes du prix de leur acquisition; & ledit Le Vauquelin condamné passer Titre nouvel & reconnoissance au profit desdits de l'Université de deux sols parisis de cens, payer vingt-huit années d'arrerages, écheus & ceux qui écheroient par après; Autre Arrest dudit Parlement par lequel en consequence dudit Arrest dudit jour deuxiéme Mars mil six cens trente, du consentement des Parties auroit été ordonné que lesdits Contracts d'acquisition, faits par lesdits Le Vauquelin & le Bret seroient reformés, tant és grosses qu'és minutes, & qu'au lieu qu'il estoit porté par iceux, que la maison & lieux y mentionnez estoient en la Censive desdits Abbé & Religieux de saint Germain, il seroit mis qu'ils estoient en la Censive desdits Recteur & Université de Paris; & à cette fin que ledit Le Vauquelin & Damoiselle Denise le Vacher, veuve dudit le Bret seroient tenus representer la grosse desdits Contracts du 12. jour de Juin mil six cens trente-un; Procés Verbaux des Commissaires deputés par nostredite Cour de Parlement, contenant la reformation desdits Contracts en execution desdits Arrests, des onziéme Novembre mil six cens trente, vingt-cinq, vingt-huit Juin & trois Juillet mil six cens trente-un; Copie collationnée de Contract de Bail à cens & rente par Messire Henri de Bourbon Evesque de Metz, & Abbé de saint Germain des Prez, & Maistre Pierre Pithou nostre Conseiller au Parlement de Paris, d'un morceau de terre sis au Fauxbourg saint Germain des Prez, proche la Charité, faisant partie des terres sises au Pré aux Clercs, appartenant audit Abbé, moyennant la somme de dix livres parisis de cens, & quatre cens vingt livres de rente par chacun an, lesquels cens & rente demeureroient entre les mains dudit Pithou, jusques à ce que le procés d'entre lesdits Abbé & Religieux, & lesdits Recteur & Supposts de l'Université, pour raison de la proprieté desdits places, fust vuidé; Contenant aussi ladite collation qu'à la minute dudit Contract sont attachées autres minutes de semblables Contracts, faits par ledit Abbé auxdits sieurs de Berulles, Tambonneau, Leschassier, De Bragelonne, le Vasseur, Seguier, le Cocq & Lhuillier dudit jour quatorziéme May mil six cens quarante; Copie collationnée d'Arrest dudit Parlement ; par lequel entre autres choses auroit esté ordonné qu'aux frais & dépens desdits Abbé, Religieux & Convent de saint Germain des Prez, seroient faites tranchées à l'entour du grand Pré aux Clercs, selon les limites plantées, & bornes mises és endroits & lieux qui seront ordonnés par le Commissaire Executeur de l'Arrest, à la conservation des droits desdits Recteur, Doyens, Procureurs & Supposts de ladite Université, du quatorziéme jour de May mil cinq cens cinquante-cinq ; Conclusions de nostre Procureur General, ICELUY NOSTREDIT GRAND CONSEIL, *par sondit Arrest a declaré & declare ledit défaut bien & deüement obtenu, pour le profit duquel a declaré & declare lesdits Contracts & Baux à cens & rentes, faits par lesdits Abbé, Religieux & Convent de Saint Germain des Prez les-Paris, des heritages sis au Pré aux Clercs dudit jour quatorziéme jour de May mil six cens quarante, nuls & de nul effet ; Ordonne que sur les minutes d'iceux, il sera fait mention tant du present Arrest, que de celuy dudit jour vingt-septiéme de Iuin mil six cens quarante-cinq, & que par le Rapporteur du procès en presence du Substitut de nostre Procureur General, il sera procedé à la reconnoissance des anciennes bornes & limites dudit Pré aux Clercs, & qu'aux lieux où il s'en trouvera d'arrachées, il en sera mis de nouvelles ; Condamne lesdits Abbé, Religieux & Convent aux dépens dudit défaut, la taxation d'iceux à nostredit Conseil reservée.* SI DONNONS en mandement, & commettons par ces presentes à nostre amé & féal Conseiller à nostredit Conseil

qu'à la Requeste desdits Recteur, Doyens, Procureurs & Supposts de ladite Université de Paris, le present Arrest il mette & fasse mettre à deüe & entiere execution de point en point selon sa forme & teneur, contraignant à ce faire souffrir & obeïr tous ceux qu'il appartiendra, & qui seront à contraindre par toutes voies deües & raisonnables ; & ce nonobstant oppositions ou appellations quelconques pour lesquelles, & sans préjudice d'icelles ne sera differé : de ce faire luy donnons pouvoir. Mandons en outre au premier des Huissiers de nostre Grand Conseil, ou autre nostre Huissier ou Sergent sur ce requis, faire pour l'entiere execution dudit present Arrest, tous Exploits de significations, assignations, commandemens & contraintes requises & necessaires, sans demander *placet*, *visa* ne *pareatis*. DONNE' en nostredit Grand Conseil, à Paris le vingtiéme jour de Juillet, l'an de grace mil six cens quarante-six; monstré à nostre Procureur General, prononcé lesdits jour & an; & de nostre Regne le quatriéme.

Par le Roy à la Relation des Gens de son Grand Conseil,

ROGER.

# INSTRUCTION,

## *Touchant les Benefices, qui sont à la nomination de l'Université.*

OUTRE le droit des Gradués, qui est commun à l'Université de Paris, & aux autres Universités fameuses, celle de Paris a encore actuellement quatorze Benefices en Patronage, ausquels elle a droit de nommer; sçavoir trois Cures, & onze Chapelles, ou Chapellenies, ou Prestimonies. Les trois Cures sont celle de saint André-des-Arcs, celle de saint Cosme & saint Damien; & celle de saint Germain le Vieil. A l'égard des Chapelles ou Prestimonies, il y en a trois sur le revenu de la Geole du Châtelet de Paris; deux sur le Thresor, *super Thesauro*, c'est à dire sur le Domaine du Roy; une dans l'Eglise de saint André-des-Arcs; & cinq qu'on nomme de Savoisy.

### *Des trois Cures.*

On a déja marqué l'origine du Patronage des trois Cures, de saint André-des-Arcs, de saint Cosme & saint Damien, & de saint Germain le Vieil, dans le memoire precedent aux pages 8. & 9. Ainsi il n'est pas necessaire d'en rien dire icy.

### *Des trois Chapelles ou Prestimonies du Châtelet de Paris.*

Il paroît par les Lettres Patentes de Philippe le Bel de l'année 1298. qu'un Regent des Arts, nommé Simon de Messemy ayant esté tué par quelques gens qui n'y sont point nommés, ce Prince condamna les meurtriers à la somme de mille livres, qu'il voulut estre emploiée à fonder quatre Chapelles; & ordonna que l'Université en achetast des terres pour l'entretien de quatre Chapelains, qui à perpetuité offriroient leurs prieres tant pour l'ame de celuy qui avoit esté tué, que pour tous les autres Maistres & Ecoliers. L'Université en execution des ordres du Roy acheta en l'an 1300. de Guillaume de Lorme Ecuyer, des terres sises en la Paroisse d'Epinel prés Long-Jumeau, pour la somme de 1000 livres; & en passa Contract le Vendredy de la premiere semaine de Carême. Ce Contract ayant esté presenté au Roy pour l'ensaisiner, le Roy retint pour luy ces terres, qui demandoient beaucoup de soin pour les faire valoir, & il assigna 60 livres parisis de rente à prendre sur le revenu de la Geole du Châtelet de Paris, pour la subsistance de trois, & non de quatre Chapelains. Ainsi il n'y a que trois Chapelles ou plûtost Prestimonies du Châtelet, dont le revenu est exactement payé aux Chapelains par les Receveurs du Domaine, à qui on l'alouë en depense à la Chambre des Comptes.

## *Des trois Chapelles ou Prestimonies qui sont sur le Domaine du Roy.*

Un Prevôt de Paris, nommé *Pierre Jumel*, ayant fait pendre en l'année 1304. un Ecolier Clerc, appellé *Philippe le Barbier*, de Roüen; le Clergé de Paris, & l'Université se declarerent partie contre luy, le firent déposer de sa charge, & condamner par Arrest à fonder deux Chapelles ou Prestimonies, chacune de 20 liv. parisis de rente, dont le Roy Philippe le Bel voulut bien charger son Domaine. Ce qui paroissant fort commode aux Chapelains, qui n'aimoient pas à avoir affaire à des fermiers de la campagne, l'Université supplia Sa Majesté de vouloir encore se charger de la fondation d'une troisiéme Chapelle de 20 livres de rente, qu'elle fit de ses propres deniers; ce qui fut accepté par le Roy. De maniere que dans la Chambre des Comptes on tient estat de 60 liv. qui sont aloüées aux Receveurs du Domaine en rapportant quittance des Chapelains.

## *De la Chapelle de Nôtre-Dame, fondée en l'Eglise de saint André des Arcs.*

Il y a eu autrefois trois Chapelles fondées en l'Eglise de saint

André des Arcs; la premiere par Jean de Thelu, Docteur en Decret l'an 1308. la seconde par Robert Coëffe; & la troisiéme par Pierre Perrier : mais il n'y a que la premiere de ces trois fondations, qui ait son execution. La Chapelle est fondée sous le titre de *Nôtre-Dame*, & elle est desservie par un Chapelain qui dit, ou fait dire les Messes, dont elle est chargée. Son revenu par le Contract du 14. Juin 1308. rapporté par M. du Boulay dans le quatriéme volume de l'histoire de l'Université, page 304. est assigné sur plusieurs heritages situés au finage de Trissi sur Berande prés Montereau *Faut-yonne* dans le Diocése de Sens; sçavoir sur 52. arpens ou environ de terres labourables, huit arpens de Jardins ou environ, & autant de bois; plus sur un arpent & demi de Pré assis au dessous du Pont de Maroles, & sur quelques menus cens & rentes dans les mesmes lieux ou aux environs.

## *Des cinq Chapelles ou Prestimonies de Savoisy.*

Ces Chapelles, Prestimonies, ou Bourses se nomment de Savoisy, parceque Mre Charles de Savoisy, Chambellan du Roi Charles VI. fut obligé de les fonder sur ses biens, à cause du meurtre commis par ses gens sur quelques Ecoliers, qui accompagnoient la procession extraordinaire, que faisoit l'Université pour l'exstinction du Schisme, à l'Eglise de sainte Catherine du Val des Ecoliers, le 14. Juillet 1404. Cette fondation est de 100 liv. parisis de rente, pour laquelle les terres & biens du Seigneur de Savoisy furent hypothequées. Ses heritiers faisant dans la suite difficulté de payer ce revenu aux cinq Chapelains, & demandant à l'Université que les terres hypothequées fussent déchargées moyennant une certaine somme, dont les parties conviendroient; l'Université aprés avoir pris conseil, répondit qu'elle ne pouvoit décharger les terres hypothequées, à moins qu'on ne luy en donnast d'autres qui fussent amorties comme celles, sur lesquelles elle avoit hypotheque, l'avoient esté par Charles VI. par Letres du mois d'Aoust 1404. Sur quoi intervint Arrest du 12. Septembre 1480. qui condamna les heritiers à payer ladite rente, & ordonna que les terres provenantes de la succession de Charles de

Savoisy, (parmy lesquelles estoient originairement la Baronie de Seignelay, celle de Colange la vineuse, du Val de Mercy & plusieurs autres) en demeureroient chargées. Depuis ce temps là plusieurs de ces terres ont esté alienées à l'insceu de l'Université. C'est aujourd'huy Madame la Marquise de la Tour, qui paye les Chapelains en qualité de Dame de Bassou, qui est une terre entre Auxerre & Joigny, du nombre de celles qui estoient hypothequées à l'Université; & cette Dame a procés au Parlement pour faire ordonner que les terres de Colange la vineuse & du Val de Mercy, à l'alienation desquelles il y a eu opposition, demeureront sujetes à la mesme hypotheque.

## *Maniere de nommer à ces Benefices.*

Quant à la maniere de nommer à ces benefices, il y a un tour établi entre les sept compagnies de l'Université; sçavoir entre les trois Facultés de Theologie, Droits, & Medecine, & les quatre Nations, de France, Picardie, Normandie & Allemagne, qui composent la Faculté des Arts. Ainsi lors qu'un des Benefices vient à vacquer, la compagnie qui est en tour, fait élection d'un sujet pour le remplir; ensuite dequoi M. le Recteur convoque aux Mathurins une assemblée des trois Doyens des Facultés de Theologie, Droits & Medecine, & des quatre Procureurs des quatre Nations, avec le Syndic & le Greffier; & dans cette assemblée, le Chef de la compagnie, qui est en tour; c'est à dire, ou le Doyen de la Faculté, ou le Procureur de la Nation, qui a dû nommer, propose le sujet, dont on a fait choix, à M. le Recteur & à ces autres Messieurs, qui sont les deputez ordinaires de l'Université: & s'il ne s'agit que d'une des Chapelles ou Prestimonies, l'Université la confere de plein droit; s'il s'agit d'une des Cures, elle ne fait que presenter au Collateur, qui est M. l'Archevêque de Paris, lequel en donne les provisions.

## *Qualité du Patronage.*

Comme l'Université est un corps mixte, composé d'Ecclesiastiques & de Laïques, on a de temps en temps fait difficulté sur la qualité de son Patronage. Cependant il a toûjours esté declaré laïque par les Arrests de la Cour. Nous en avons un solemnellement rendu en dernier lieu le 2. Avril 1667. entre M. Denis Dessita, Prestre Docteur en Theologie de la Maison & Societé de Navarre, nommé à la Cure de saint Cosme & saint Damien par la Nation d'Allemagne qui estoit en tour ; & M. Jean Lizot Prestre, à present Curé de saint Severin , & alors Vicaire de saint Cosme & saint Damien, pretendant droit au mesme Benefice, en vertu d'une resignation qui luy avoit esté faite en Cour de Rome par M. Noël de Brix dernier titulaire, dont il avoit obtenu des provisions avant la mort dudit sieur de Brix. La cause fut plaidée par quatre celebres Avocats M. M. Bonaventure Fourcroy pour M. Dessita ; Jacques Mareschaux ancien Recteur, pour l'Université ; Michel Langlois pour M. Lizot ; Jacques Abraham pour les Parroissiens intervenans. Et sur les conclusions de Monsieur Bignon alors Avocat General , & aujourd'huy Conseiller d'Estat ordinaire , intervint Arrest, par lequel l'Université fut maintenuë dans la possession & joüissance du droit de nomination, & M. Dessita dans la joüissance du Benefice ; & consequemment les provisions obtenuës en Cour de Rome demeurerent nulles, & le Patronage de l'Université fut jugé laïque.

## *Synode de l'Université.*

Les deputez ordinaires de l'Université s'assemblent deux fois l'an aux Mathurins au sujet des Benefices. La premiere fois , le second Mardy de Carême, *ad aperiendum rotulum*, pour conserver la memoire de l'ancienne coûtume, qu'on avoit autrefois d'ouvrir le Rolle , dans lequel estoient contenus les noms de ceux que l'Université avoit recommandez au Pape , pour obtenir de luy des Benefices : sur quoy on peut voir le quatriéme tome de l'histoire de l'Université par M. du Boulay, page 901. La seconde fois, le second Mardy d'aprés Pâques, pour tenir le Synode des Beneficiers, qui possedent les Cures & les Chapelles ou Prestimonies qui sont à la nomination de l'Université : auquel Synode lesdits Beneficiers sont tenus de comparoître, ou en perſonne, s'ils ſont à Paris; ou par Procureurs, s'ils ſont dans les Provinces; & cela ſous peine d'un écu d'or d'amende, contre ceux qui y manquent ſans une raiſon legitime, dont la connoiſſance appartient à l'Univerſité.

Il eſt parlé de ces Benefices en pluſieurs endroits de l'Hiſtoire de l'Univerſité de M. du Boulay, & encore dans un Traité particulier qu'il a fait, qui a pour titre *Memoires hiſtoriques ſur les Benefices qui ſont à la preſentation & collation de l'Univerſité de Paris.*

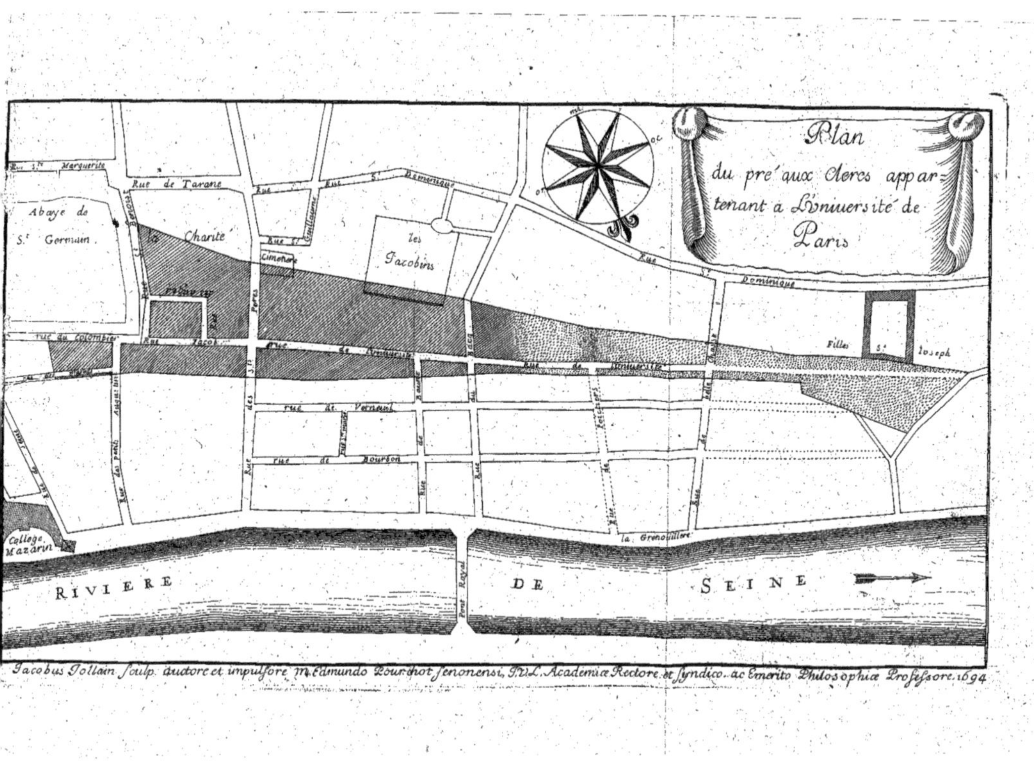
Plan
du pré aux Clercs appar-
tenant a l'Université de
Paris
Rue Ste Marguerite
Rue de Tarane
Rue St Dominique
Abaye de
St Germain
la Charité
Rue St Guillaume
Cimetière
les
Jacobins
Rue St Dominique
Filles St Ioseph
rue du Colombier
Rue Jacob
Rue de l'Université
rue de Verneuil
rue de Bourbon
Rue des St Pères
Rue des petits Augustins
Rue de Beaune
Rue du Bac
Rue de Poitiers
Rue de Bellechasse
la Grenouillère
Collège Mazarin
Pont Royal
RIVIERE DE SEINE
Jacobus Jollain sculp. auctore et impulsore M. Edmundo Pourchot Senonensi, P.V.L. Academiæ Rectore et Syndico, ac Emerito Philosophiæ Professore. 1694

www.ingramcontent.com/pod-product-compliance
Ingram Content Group UK Ltd.
Pitfield, Milton Keynes, MK11 3LW, UK
UKHW022127190726
13855UKWH00003B/1052